소설에 담은 마음이
당신에게 건너가기를.

"은 경 민.

브릿지

우리학교 소설 읽는 시간

브릿지

초판 1쇄 펴낸날 2025년 1월 17일

지은이 문경민
펴낸이 홍지연

편집 홍소연 김선아 이태화 김영은 차소영 서경민
디자인 이정화 박태연 박해연 정든해
마케팅 강점원 최은 신예은 김가영 김동휘
경영지원 정상희 여주현

펴낸곳 (주)우리학교
출판등록 제313-2009-26호(2009년 1월 5일)
제조국 대한민국
주소 04029 서울시 마포구 동교로12안길 8
전화 02-6012-6094
팩스 02-6012-6092
홈페이지 www.woorischool.co.kr
이메일 wooroschool@naver.com

ⓒ문경민, 2025
ISBN 979-11-6755-315-7 43810

• 책값은 뒤표지에 적혀 있습니다.
• 잘못된 책은 구입한 곳에서 바꾸어 드립니다.

만든 사람들
편집 이태화
디자인 박태연

브릿지

문경민 장편소설

1

주변에 아무도 없어 다행이다. 창밖에서 늦가을 햇살이 사선으로 비쳐 든다. 실기시험장을 나온 인혜는 첼로를 메고 복도를 걷는다. 이찬 예술 고등학교에서 보낸 시간들이 머리를 스쳐 지나간다.

2년 동안 난 뭘 한 거지?

조금 전 실기시험은 끔찍했다. 연주를 그만해도 좋다는 싸늘한 종소리 뒤로 두터운 적막이 깔렸다. 인혜는 음을 매듭짓지도 못한 채 현에서 활을 미끄러뜨렸다. 발밑이 꺼지면서 검고 축축한 구덩이로 처박히는 듯했다. 심사 위원들이 자신을 한심한 눈길로 쳐다보는 것 같아 고개조차 들지 못했다. 연주는 들어 줄 수 없을 정도로 엉망이었을 게 분명했다.

등수는 바닥으로 내리꽂힐 것이다. 비참한 마음에 고개가 떨어진다. 더군다나 이번 실기시험 심사 위원 중에는 결코 만나고 싶지 않던 사람이 있었다.

엄정현 선생님.

초등학교 6학년 2학기부터 중학교 3학년 가을까지 인혜의 첼로 레슨을 맡아 주었던 선생님이었다.

예상치 못한 조우였다. 회색빛 감도는 단발머리에 뿔테 안경을 낀 모습은 2년 전 그대로였다. 인혜를 낮잡아 보던 차가운 얼굴도 똑같았다.

뭐 하니? 깊이 들어가야 하는 지점을 그렇게 딱딱하게 하면 어떡해?

너 지금 첼로 들고 산책하니? 소풍 가고 싶어?

집어치워! 도저히 들어 줄 수가 없잖아!

실기시험을 마치고 나오는데 레슨 때 듣곤 했던 엄정현 선생님의 목소리가 뒤통수를 때리는 듯했다. 엄정현 선생님 앞에서 멈춰 버린 초라한 연주에 모멸감이 들었다.

엄정현 선생님을 이런 식으로 만나선 안 됐다. 보란 듯이 탁월한 실력을 보여 줬어야 했다. 2년간 품었던 미움을 연료 삼아 눈부신 연주를 보여 줬어야 했다. 당신이 그토록 상처 주었던 내가 이만큼 성장했노라고, 나는 당신을 떠나고도 이렇게 잘하고 있다고, 나는 당신보다 더 뛰어난 연주자가 되고 말 거라고, 연주로 증명했어야 했다.

숨이 막히는 듯 답답하다. 인혜는 걸음을 멈추고 복도 거울에 비친 제 모습을 쳐다본다. 첼로를 맨, 까만 단발머리에 세모난 얼굴의 여자애가 서 있다. 어둡고 무겁고 비통해 보이는 얼굴을 인혜는 일부러 직시한다. 자신에게 상처를 주고 싶다. 벌을 주고 싶다.

봐. 이게 너야. 너는 벌을 받아야 해. 더 비참해져야 해. 너는 첼로를 연주할 자격도 없어.

그렇게 속으로 중얼거리다가 인혜는 문득 떠올린다. 초등학교 때 자신의 별명이 동그라미였다는 것을. 그때의 인혜는 할머니와 닮았다는 소리를 자주 들었다.

할머니 장례식 뒤로 보름이 지났다. 할머니의 죽음을 겪으며 넘어진 마음은 좀처럼 제자리를 찾지 못했다. 실기시험 곡을 연습하기 위해 매일 연습실에 가기는 했지만 연주에 집중할 수가 없었다. 문득 할머니가 좋아했던 곡이 떠오르면 앞부분을 조금 연주하다가도 눈물이 쏟아졌다.

온 힘을 다해도 부족할 실기시험 준비를 그런 식으로 했으니 결과는 볼 것도 없었다. 인혜는 엘리베이터를 향해 힘겹게 걸음을 옮겼다. 실기시험 부담으로 사흘 전부터 제대로 된 식사를 하지 못한 데다 간밤에 잠도 설쳤다. 실패한 날의 첼로는 두 배 세 배 무겁다. 인혜가 좋아했던 첼로의 두툼한 몸집과 적당한 무게감이 지금은 자신을 짓누르는 듯하다. 혼자 집에 갈 힘이 없다.

인혜는 엘리베이터 앞에 서서 핸드폰을 꺼낸다. 신호가 몇 번 가자마자 아빠가 전화를 받는다.

"어, 우리 딸. 데리러 갈까?"

주방에서 일하는 중인지 주변 소음이 적잖다. 아빠의 기운찬 목소리를 듣자 자기도 모르게 웃음과 탄식이 새어 나온다. 데리러 올 수 있냐고 말해야 하는데 목소리에 울음이 섞일 것 같아 입이 떨어지지 않는다.

문득, 어딘가에서 인혜를 부르는 할머니 목소리가 들린 것 같다. 인혜는 고개를 들고 주위를 둘러본다. 착각이다. 장례식 뒤로 여러 번 겪는 일이다. 들릴 리 없는 목소리지만 듣고 싶다. 인혜를 찾는 할머니의 목소리에 이번에는 대답하고 싶다.

할머니, 괜찮아? 어디 아파? 내가 당장 갈게!

그렇게 외치고 싶지만 할머니는 이제 없다. 볼 수도 없고 만질 수도 없다.

인혜는 탁한 창문 너머 하늘을 올려다본다. 뼈가 저리도록 보고 싶다는 말, 가슴이 쪼개지는 것처럼 후회한다는 말을 인혜는 이제 이해하고 만다. 핸드폰에서 괜찮냐고 묻는 아빠의 목소리가 들렸다.

인혜는 핸드폰을 귀에 대고 애써 담담한 목소리로 대답했다.

"그냥 다 괜찮아요."

2

실기시험 뒤로 2주가 지났다. 망친 시험은 어쩔 수 없고 무너진 마음도 어쩔 수 없다. 하늘도 흐리고 웃는 얼굴도 우울하고 가을 단풍도 무채색이다. 세상이 아름답고 삶이 행복하다고 느낀게 언제인지 기억조차 나지 않았다.

가족들과 함께일 때는 어떻게든 웃고 어떻게든 크고 밝은 목소리를 내 보지만 학교에서는 그럴 필요가 없다. 우중충한 표정도 상관없고 홀로여도 자연스럽다. 첼로 전공 수업을 마치고 음악 2반 교실로 향하는데 핸드폰에서 진동이 느껴졌다. 인혜는 복도에 서서 메시지를 확인했다.

2학년 첼로 전공 채팅방의 메시지로 오케스트라 연습 시간과 장소를 알리는 공지였다. 공지를 올린 사람은 대호. 다섯 명이 전부인 채팅방에는 공지 사항 말고는 어떤 메시지도 오간 게 없었다. 인혜의 첼로 전공 동기는 모두 여섯 명이었는데, 한 명은 예고 생활을 견디지 못하고 1학년 때 자퇴했다. 남은 동기는 인혜, 연수, 대호, 쌍둥이인 세은과 세영, 이렇게 다섯 명이었다.

황량한 채팅창을 보는데 불쑥 쓸쓸한 기분이 든다. 어쩜 이렇게 아무 말이 없을까. 인혜를 제외한 넷은 자기들끼리 모인 채팅방을 따로 돌리는 게 아닐까. 인혜에게 꼭 알려야 할 정보가 있을 때만 이 방에 메시지를 올리는 걸지도 모른다. 인혜를 두고 사이좋게 뒷말을 나누며 돈독한 관계의 성을 쌓아 올렸을 것만 같다. 어쩌면 넷이 밥도 먹고 영화도 보고 놀이공원에 갔을지도 몰랐다.

혼자인 걸 좋아하는 사람이 있을까. 적어도 인혜는 아니다. 누군가와 함께해야만 제대로인 순간들이 있고 그런 순간들을 만끽해야만 자신이 충만해진다는 것을 인혜도 안다.

인혜는 다시 복도를 걸었다. 집에 갈 시간이면 청량한 웃음소리와 왁자지껄 떠드는 소리가 교실 밖으로 흘러나오기 마련이지만 오늘은 조금 달랐다.

문을 열고 교실로 들어섰다. 음악 2반에서 인혜를 환대하는 이는 없었다. 인혜는 묵묵히 자기 자리로 갔다. 인혜의 자리는 운동장 쪽 창가 뒷자리였다. 아이들은 자기들끼리 웃으며 이야기하다가도 시선을 떨구고 한숨을 내쉬거나 초조한 표정으로 앞문을 쳐다보았다. 오늘은 2주 전에 치른 실기시험 결과가 나오는 날이다.

41명인 음악 2반 아이들의 전공은 제각각이다. 어떤 애들은 첼로, 어떤 애들은 작곡, 어떤 애들은 성악, 어떤 애들은 해금, 바이올린, 오보에, 트럼펫……. 실력으로 순위를 매기는 세상에서 몇 년을 버텨 온 애들이지만 평가를 받는 건 매번 버거운 일이었다. 잠시 뒤 받게 될 결과를 기다리는 아이들은 여유를 가장한 얼굴로 웃고 떠들고 있다. 어떡해, 어떡해, 하며 엄살을 부리기도 하고 난 이제 죽었다, 망했다, 하며 과장된 표정을 지어 보이기도 한다.

두려움을 덮으려 애써 부려 보는 허세다. 인혜도 아는 마음이다. 그래봐야 그다지 효과는 없다. 인쇄된 결과는 각자의 앞에 놓일 테고 1등을 제외한 모두는 참담한 기분을 각오해야 한다. 실기시험 성적표가 나오면 누군가는 꼭 울고 만다.

오늘은 몇 명이 울까.

중간고사나 기말고사 때는 희희낙락하던 애들도 실기시험 날이 가까워지면 연습에 치여 좀비처럼 비실거렸다. 굳은 얼굴로 등교하고 실력의 한계에 좌절하며 밥도 못 먹고 근육통과 불면에 시달렸다. 음악을 포기할 게 아니라면 연습을 견디며 살아야 했다.

실기시험 성적은 예고 생활의 많은 것을 좌우했다. 오케스트라 자리 배치부터가 성적순이었다. 시험 결과가 발표된 뒤 음악과 게시판에 협연할 연주자를 뽑는 오디션 대상자 명단이 붙는데,

높은 등수가 아니면 명단에 들 수도 없었다. 명단 순서도 성적순이었다. 등에 등수를 붙이고 다니는 것은 아니지만 이러니저러니 이찬 예고 아이들은 서로의 등수를 알 수밖에 없었다.

학교가 실기시험 석차를 공개하는 이유는 차갑고도 분명했다.

경쟁을 통한 실력 향상과 만족스러운 대학 입시 결과.

학생들은 너무하는 거 아니냐고 불퉁거리다가도 좋은 대학에 갈 수 있다는 말 앞에서 모두 입을 다물고 연습실로 향했다. 이찬 예고가 최상위 레벨의 예고라는 점도 학교 방침을 군말 없이 따르게 만드는 힘이었다. 입시 경쟁, 점수 경쟁은 만만하지 않았고 모두가 보는 앞에서 실력을 펼쳐 보여야 하는 연주 수업은 어쩔 수 없이 서로를 비교하도록 만들었다. 예고에 온 애들 중에 시기와 질투에 시달리지 않는 아이들은 없었다.

다들 개성이 강했고 감각 또한 예민했다. 음악의 아름다움이 주는 환희를 경험한 아이들은 영혼을 뒤흔드는 세계를 동경했다. 모두 높은 곳에서 일렁이는 빛을 느껴 본 적이 있었다. 그 빛에 닿기 위해서는, 그 빛을 갖기 위해서는 천재라도 연습을 해야 했다. 그리고 오늘은 그 연습의 결과가 나오는 날이었다.

인혜는 아이들의 얼굴을 쳐다보다 책상 위로 눈길을 떨군다. 애들이 안쓰럽다. 대개는 결과 때문에 비참해질 것이고 인혜도 예외가 아닐 것이다. 인혜가 애들과 다른 점이 있다면 곁에 아무도 없다는 사실이다. 교실은 아이들의 목소리로 웅성거리지만 인혜에게 말을 걸어 오는 아이는 없다. 따돌림을 당하는 것은 아니었다. 인혜는 스스로 혼자가 됐다. 시기와 질투로 힘들었던 예중 시절을 거치면서, 엄정현 선생님에게 레슨을 받으면서 인혜가 내린 결론은 산뜻하고 분명했다. 첼로 외에는 아무것도 신경 쓰지 않기로 마음먹었고 그렇게 1학년과 2학년을 보냈다.

혼자가 되는 건 쉬웠다. 첼로만 생각하는 것도 당연했다. 최고가 되는 건 어려웠다. 결심은 단단했으나 실기 성적을 받을 때마다 인혜는 낙담했다. 이번 실기시험 성적표에 박혀 있을 등수는 대체 몇 등일까. 첼로 전공자 다섯 명 중 4등? 아니면 5등? 인혜는 아이들을 바라보며 다짐했다. 몇 등을 했건 우는 사람이 되지는 않겠다고.

예고에 올라와서 치른 지난 세 번의 실기시험 결과는 동일했다. 인혜는 매번 3등이었다. 2등, 4등, 5등은 다른 애들이 번갈아 가며 차지했다. 1등은 세 번 다 정연수였다.

올해 3월에 있었던 이찬 예고 정기 연주회에서 첼로 수석 자리를 차지한 것도 연수였다. 이찬 음대 교수가 와서 가르치는 마스터 클래스 수업에서 경탄 섞인 칭찬을 받은 것도 연수뿐이었다. 연수를 시샘하는 애들은 학교에서 대놓고 연수를 밀어준다며 수군거리기도 했다.

연수는 인혜와 다른 예술 중학교를 나왔다. 기차로 세 시간 넘게 가야 하는 기숙형 예술 학교였는데 실력이 받쳐 주지 않으면 입학이 어려운 곳으로 유명했다. 연수는 그곳에서도 주목받는 학생이었다고 들었다. 한마디로 연수는 쌓아 온 커리어가 인혜와 다른 아이였다.

인혜는 친구들과 이야기를 나누고 있는 연수를 흘끗거렸다. 키가 큰 연수는 교실 어디에서나 눈에 띄었다. 서글서글하고 무구해 보이는 얼굴과 상냥하고 보드라운 말씨는 누구에게나 호감을 불러일으켰다. 성격도 원만하고 내신 관리도 잘해서 무엇 하나 부족한 게 없어 보였다.

"야, 담임이야!"

웅성거리던 애들이 자기 자리로 돌아와 앉았다. 앞문이 열리고 긴 치마 차림의 선생님이 들어왔다. 선생님은 안쓰럽다는 표정으로 아이들을 한 번 훑어보고는 교탁 앞에 섰다.

"고생들 많았다. 괜찮다! 울지 말자!"

선생님의 여유롭고 호방한 목소리에 아이들은 야유를 보냈다. 선생님은 교탁 위에 성적표를 올려 두고 종례를 먼저 했다.

선생님의 말이 귀에 들어오지 않았다. 시선은 자꾸만 교탁 위에 쌓인 종이 뭉치로 향했다. 열한 명의 심사 위원이 낸 점수의 평균과 등수가 단출하게 적혀 있을 하얀 종이. 그 종이에 인쇄된 내 실기 성적은 대체 몇 등일까.

"자, 이제 그럼 실기 성적표를 나눠 줄까?"

교실이 조용해진다. 선생님은 한 명씩 이름을 불러 성적표를 나눠 준다. 아이들은 아무렇지 않은 듯 받아 가지만 자리로 돌아간 뒤 얼굴은 저마다의 이유로 심각하다. 기분 좋아 보이는 얼굴은 자기 전공에서 1등을 한 애들뿐이다. 2등을 한 애는 1등을 못해서, 등수가 뒤로 밀려 버린 애들은 그간의 노력이 허망해서 비참할 것이다.

"25번 서인혜."

성적표를 확인하고 인혜를 부르는 선생님의 얼굴에 어떤 감정이 스쳐 지나간다. 인혜는 눈을 내리깐 채 앞으로 나가 성적표를 받아 든다. 나풀거리는 성적표는 너무도 가벼워서 성적이 담겨 있을 것 같지 않다.

인혜는 자리로 돌아와 성적이 적힌 면을 아래로 책상에 내려놓았다. 고개를 들어 교실을 돌아보니 세 명의 아이가 책상 위에 엎드려 울고 있다.

'나는 울지 않을 거야.'

단단히 동여맨 마음을 다시 한번 다잡는다. 4등이어도, 5등이어도 흔들리거나 무너지고 싶지 않다. 인혜는 성적표를 뒤집었다. 건조한 문구와 평균 점수, 그리고 석차가 눈에 들어왔다.

평균 75.57점

석차 5등

3

  인혜는 저녁 식탁에 앉았다. 조리대에서 김치를 썰어 담던 아빠가 인혜의 안색을 살피며 말했다.

"조금만 기다려. 같이 먹자."

  엄마가 둥근 식탁에 숟가락과 젓가락을 놓으며 말했다.

"아빠가 너 좋아하는 거 다 해 준다고 오늘 식당도 안 나갔어."

  인혜는 식탁에 올라온 요리를 내려다보았다. 잡채와 굴전, 소시지달걀부침, 흑미가 적당히 섞인 쌀밥에 미역국까지 올라와 있었다. 실기시험에서 꼴등을 해 버렸다는 말에 아빠는 먹고 싶은 음식을 다 말하라고 했다. 인혜는 생각나는 대로 말해 버렸고 그 결과가 지금의 식탁이었다.

  이 많은 음식을 갓 요리한 상태로 내놓으려면 얼마나 손을 바삐 움직여야 할까. 괜한 투정을 부렸다는 생각에 미안함이 앞서고 가슴이 아렸다.

"우아!"

인혜는 식탁 앞에 앉아 낮은 소리로 웃으며 말했다. 인혜의 반응에 아빠가 콧등에 잔주름을 잡으며 싱글거렸다. 엄마가 못 말린다는 얼굴로 말했다.

"이게 전부가 아니야."

"웃차!"

아빠가 넓고 우묵한 접시를 들고 식탁으로 다가왔다. 그릇 가장자리가 금색 무늬로 장식된 커다란 접시가 식탁 한가운데에 자리 잡았다. 짭조름하고 달큰한 향에 혀 밑이 저릿했다. 오늘의 주요리는 밤과 당근, 브로콜리가 섞인 소갈비찜이었다.

"어때? 이 정도면 완벽하지?"

아빠의 얼굴에 뿌듯한 미소가 서렸다. 오랜만에 보는 아빠의 웃는 얼굴이었다. 명랑하고 실없는 소리를 잘하던 예전 모습으로 돌아간 것 같았다. 엄마는 동생 동우의 방을 향해 큰 소리로 말했다.

"밥 먹으러 와! 아들!"

방문 너머에서 네, 하는 나른한 대답이 들려왔고 곧 문이 열렸다. 목둘레가 늘어난 면티를 입은 동우가 식탁에 앉으며 툴툴거렸다.

"뭐야, 갈비찜에 브로콜리?"

엄마가 쓰읍, 하는 소리를 내며 나무랐으나 동우는 못 들은 척했다. 식탁에 앉던 아빠가 못마땅한 표정을 지었다. 인혜는 갈비 하나를 집어 아빠의 밥 위에 얹었다. "아빠, 아빠." 하고 속삭이듯 말하며 시선을 맞추었다. 눈길을 피하던 아빠는 어쩔 수 없다는 듯 인혜를 향해 씩 웃고 굳은 얼굴을 풀었다.

인혜는 아빠와의 이런 순간을 좋아했다. 아빠는 인혜 앞에서는 화를 내지 못했다. 조금도. 눈곱만큼도. 부부 싸움이 격해져서 거실까지 고성이 들리면 동우는 인혜를 끌고 와 안방에 밀어 넣고 문을 닫아 버렸다. 그러면 부부 싸움은 거기에서 일단락됐다. 아빠는 양 허리에 손을 얹은 채 거친 숨을 가다듬으며 "어, 인혜 왔니?"라고 말했고, 엄마는 손바닥 뒤집듯 표정을 바꿔 버린 아빠를 보며 어이없어했다.

지금도 마찬가지였다. 아빠는 말끔해진 표정으로 인혜가 밥 위에 올려 준 갈비를 우물거렸다. 예전부터 딸 바보 소리를 들어왔던 아빠는 인혜에게 세상에서 가장 편한 사람이었다. 아빠는 먹다 말고 두 손으로 얼굴을 감싸며 중얼거렸다.

"이건 진짜…… 내가 만들었지만 너무 맛있다."

아빠는 감탄 어린 표정으로 큼직한 표고버섯을 젓가락으로 집어 한 입 베어 물었다. 엄마가 인정한다는 듯 고개를 주억거렸다.

"당신은 국수 말고 고기를 했어도 잘했을 거야."

아빠는 손을 내저으며 말했다.

"고기는 너무 무거워. 나한테는 국수가 딱이야."

아빠는 국숫집 사장이다. 식당 이름은 '숙희 국수'. 숙희 국수 간판에는 '40년 전통의 국수 맛집'이라는 문구가 적혀 있다. 창업 자는 인혜의 할머니였다. 5년 전 할머니가 아빠에게 물려줄 때만 해도 숙희 국수는 장사가 잘되는 편이었으나 지금은 간신히 현상 유지 중이었다. 아빠의 무리한 사업 확장이 원인이었다.

이틀 전, 아빠와 엄마는 숙희 국수의 분점을 폐업하는 문제로 다퉜다. 엄마는 무리하게 대출을 끼고 분점을 낸 아빠의 결정을 탓했고, 아빠는 대출 이자보다 더 많이 벌 수 있는데 직원들이 문제였다는 식으로 대꾸했다. 몇 번의 공격과 방어가 이어지다가 엄마는 아빠에게 언성을 높이고 말았다. 그때 어머니 말씀을 들었어야 했다고. 그걸로 다툼은 끝났다. 아빠는 더 이상 말이 없었고 엄마는 미안하다고 했다.

일상을 회복한 듯 살고 있으나 가족 모두 할머니 생각에 힘들어했다. 할머니 장례식을 마친 뒤로도 아빠는 사나흘간 아무 일도, 아무 말도 하지 못했다. 새벽에 잠이 깨 거실에 나가면 소파에 앉아 두 손에 얼굴을 묻고 긴 숨을 토하는 아빠를 보곤 했다. 엄마는 부엌에서 요리하다 말고 눈물을 닦기도 했다. 동우는 이따금 멍하니 허공에 시선을 두곤 했는데 그런 모습을 보면 동우도 인혜처럼 후회하는 마음으로 할머니를 생각하는 것 같았다.

거실 벽에는 할머니와 함께 찍은 가족사진이 걸려 있었다. 아빠와 할머니의 사이가 좋았을 때 찍은 사진이었다. 그때는 할머니가 인혜네 집에 자주 다녀갔고, 집 안 곳곳에 할머니가 두고 간 물건이 있었다. 할머니가 좋아하던 화려한 무늬의 실크 스카프, 즐겨 사용했던 화사한 색감의 머그잔, 할머니가 읽다가 책꽂이에 꽂아 넣고 간 소설책 같은 것들. 2년 전부터는 아니었다. 할머니와 인혜네는 명절 때나 얼굴을 보고 안부를 확인했다. 할머니 집은 인혜네 집에서 차로 30분이면 갈 수 있었는데도.

인혜는 젓가락으로 고기를 집으며 아빠 얼굴을 살폈다. 할머니가 돌아가신 뒤로 컴컴하기만 했던 안색이 모처럼 밝아 보였다. 아빠는 지금 애써 힘을 내는 것이었다. 인혜를 위로하는 일을 발판 삼아서.

아빠는 인혜의 밥그릇에 표고버섯을 올려 주며 말했다.

"지금 이 순간에 먹지 않으면 갈비찜을 모독하는 거야. 지금이 딱이라고."

인혜도 둥근 표고버섯을 크게 한 입 베어 물었다. 갈비찜 양념과 어우러진 버섯의 말캉한 식감과 풍미는 아는 사람만 아는 끝내주는 맛이었다. 갈비찜의 표고버섯은 많지도 않아서 먼저 먹는 사람이 임자였다. 옆자리에 앉은 동우가 신경 쓰였다. 인혜가 보낸 눈짓 신호를 알아차린 아빠는 동우 밥그릇에도 표고버섯을 올려 주었다.

엄마가 말했다.

"인혜야, 오늘은 연습실 가지 말고 쉬지 그래? 너무 몰아붙이면 아무리 너라도 고장 나는 수가 있어."

아빠도 거들었다.

"2주 뒤면 기말고사 아냐? 체력을 좀 비축해 둬야지."

실기시험이 끝났으니 이제는 기말고사를 준비해야 했다. 연습을 쉴 수도, 기말고사를 뒷전으로 둘 수도 없었다.

인혜는 굴전을 집어 먹으며 대꾸했다.

"할 게 있어서 가야 해."

요리 전부 너무 맛있다고 말하려는데 맞은편에서 아빠가 무언가를 참는 듯 나지막한 한숨을 내쉬었다. 동우가 왼팔을 식탁 위에 올려놓고 젓가락으로 김치를 뒤적이고 있었다. 식탁에 팔을 올리는 것과 젓가락으로 반찬을 쑤석이는 것 모두 아빠가 하지 말라던 행동이었다. 동우는 아빠 보라고 일부러 저러는 것일 터였다. 아마도 자신의 밥그릇에 두어 박자 늦게 올라온 표고버섯 때문에.

인혜는 애원하는 표정으로 아빠를 바라보았다. 인혜와 눈이 마주친 아빠는 흠흠 소리를 내며 표정을 고치려 들었다. 그때, 엄마가 식탁에 "탁!" 소리가 나도록 컵 두 개를 올려놓고 냉장고에서 꺼낸 물병을 기울였다. 감정이 담긴 물소리에 아빠와 동우가 엄마를 올려다보았다. 엄마는 찬물이 담긴 컵을 아빠와 동우의 국그릇 옆에 놓으며 말했다.

"냉수 먹고 열이나 식혀. 둘 다."

아빠는 젓가락을 바삐 놀리며 잡채가 맛있네, 하고 웅얼거렸고 동우는 식탁에 올린 팔을 슬그머니 내렸다.

식사를 마치고 이를 닦은 뒤 인혜는 자기 방으로 들어와 침대에 누웠다. 눌린 마음 때문일까. 좋아하는 음식인데도 식욕이 생기지 않았다. 그렇다고 아빠와 엄마 앞에서 젓가락으로 깨작거릴 수는 없었다. 평소보다 많이 먹어서인지 지나친 포만감에 속이 편치 않았다.

인혜는 조금 전 식탁에서 갈비를 먹고 또 먹는 자신을 곁눈질하던 엄마를 생각했다. 조용히 기뻐하는 엄마 모습에 콧등이 시큰거렸다. 실기시험을 앞둔 나흘 동안 인혜는 밥을 거의 먹지 못했다. 엄마는 거식증을 의심하기도 했지만 그건 아니었다. 실기시험 때마다 되풀이된 일이었으니까.

인혜는 두 손을 깍지 껴 뒤통수에 대고 천장을 올려다보았다.

5등이라니.

최악의 성적이었다. 인혜는 입술을 달싹여 소리 내어 말해 보았다.

"꼴등."

울 만큼 울었기 때문일까. 막상 바닥에 꽂히고 나니 후련한 기분이 들었다. 실기시험 날 연주를 떠올리면 5등은 어쩌면 당연했다. 할머니 장례식 뒤로 연습을 제대로 하지 못했고 그 상태로 실기시험을 치렀다. 심지어 엄정현 선생님 앞에서.

텅 빈 마음 위로 자신을 향한 질문이 천천히 내려앉았다.

첼로를 계속 해야 할까.

내가 정말 첼로를 좋아하기는 할까.

근본적인 질문과 마주하자 예상치 못한 처연한 평온이 찾아들었다.

언젠가부터 실력이 늘지 않았다. 연습한 만큼 쭉쭉 오르던 실력은 중학교 2학년이 되면서부터 한계에 도달한 것처럼 머뭇거렸다. 도약은 더뎠고 추락은 순간이었다. 인혜는 어깨와 팔의 통증으로 진통제를 자주 복용했다. 중학교 3학년 때 시작된 역류성 식도염 역시 회복과 재발을 반복했다. 잠자는 시간까지 줄여가며 첼로에 모든 시간과 에너지를 쏟았으나 연주는 만족스럽지 않았다.

엄마는 음악을 하는 게 이렇게 힘든 일인 줄 알았으면 시키지 않았을 거라며 탄식했다. 그럴 때마다 인혜는 말했다.

"엄마, 음악은 내가 좋아서 하는 거야."

쉬어 가며 하라는 아빠의 말에는 싱긋 웃으며 대꾸했다.

"아빠, 나는 천재가 아니야."

그렇게 말하면 아빠와 엄마는 어쩔 줄 몰라 했는데, 그런 허둥 거림이 인혜에게는 배려와 사랑으로 읽혔고 위로가 되었다.

엄마에게 잘하고 싶다.

아빠에게 잘하고 싶다.

나 스스로에게 인정받고 싶다, 그리고

엄정현 선생님보다 뛰어난 연주자가 되고 싶다.

엄정현 선생님을 생각하면 인혜의 가슴속에서 검붉은 감정이 피어올랐다. 그 감정에 서린 독한 힘은 여러모로 쓸모가 많았다. 지쳤을 때, 좌절했을 때, 늘어지고 싶을 때, 포기하고 싶을 때, 인 혜는 엄정현 선생님을 떠올렸다.

인혜는 베개 아래에 손을 넣어 브릿지를 끄집어냈다. 브릿지는 첼로의 한복판에 서서 현의 울림을 몸통에 전달하는 납작한 나 뭇조각이다. 인혜는 어린아이 손바닥만 한 브릿지를 만지작거렸 다. 브릿지 표면을 윗입술로 쓸어 보기도 하고 냄새를 맡아 보기 도 했다. 현의 장력을 버티고 버티다가 휘어져 버린 브릿지가 안 쓰러웠다. 휘어 버린 브릿지는 인혜와 첼로를 이어 준 첫 번째 다 리였다.

초등학교 3학년 겨울, 할머니와 문화예술회관에서 하는 뮤지컬을 보러 가던 길이었다. 인혜의 손을 잡고 눈 내린 길을 걷던 할머니는 악기사 앞에서 속도를 늦추다 걸음을 멈췄다. 간판에는 악기사의 이름과 '현악기 제작, 수리, 판매 전문'이라는 문구가 박혀 있었다.

인혜는 간판 하단에 적힌 문장을 속으로 읽었다.

'악기 시작하시는 분 환영합니다.'

할머니의 시선도 그 문장을 훑고 있었다. 인혜는 할머니를 올려다보며 말했다.

"할머니, 왜요?"

할머니는 꿈에서 깬 것처럼 "응?" 하고 말하고는 옅게 웃었다.

"아니야, 아무것도."

아무것도 아닌 게 아니었다. 할머니는 길을 더 걷다가 우뚝 서버렸고 다시 악기사 앞으로 돌아와 유리 벽 안에 진열된 악기들을 바라보았다. 인혜는 가까이 다가가 악기사 안을 들여다보았다. 동그란 안경을 낀 할아버지가 작업대 앞에서 조각칼로 무언가를 깎고 있었다. 일에 온 신경을 쏟고 있을 텐데도 할아버지의 얼굴은 온화해 보였다.

인혜가 할머니의 손을 흔들며 말했다.

"그냥 들어가요."

"들어가자고?"

인혜에게 할머니의 마음은 빤했다. 지난번에 이 길을 걸을 때도 할머니는 악기사 앞을 쉽게 지나치지 못했으니까.

"내가 무슨. 예순이 넘었는데."

"한번 보기만 하면 되죠."

인혜는 할머니 손을 끌고 악기사 문을 밀었다. 작고 청아한 종소리를 내며 문이 열렸고 온순한 공기가 얼굴에 닿았다. 낯설면서도 향긋한 냄새에 긴장이 누그러졌다. 회색 머리칼의 할아버지가 할머니와 어린 인혜를 맞이했다. 할머니는 할아버지와 몇 마디 인사말을 주고받다가 쑥스러운 얼굴로 말했다.

"초보자가 쓸 수 있는 바이올린이나 첼로가 있나요?"

할아버지는 인혜를 내려다보며 말했다.

"학생이 쓸 건가요?"

할머니가 말했다.

"아뇨, 저요. 제대로 하는 건 아니고, 아, 나중에 제대로 배울 거예요. 지금은 조금씩 미리 해 두고 싶어서요."

할아버지는 가슴 앞에서 두 손을 맞잡고 말했다.

"이 세계에 오신 걸 환영합니다. 너무 좋네요."

두텁고 무게감 있는 목소리가 따뜻한 미소와 하나로 어우러져 기분 좋게 울렸다. 인혜는 할아버지가 자신을 두고 꼬마가 아니라 학생이라고 지칭하는 것도, 진심이 느껴지는 환영한다는 말도, 악기사의 냄새와 온도도 마음에 들었다.

할머니는 쑥스러워하면서 무언가를 물었고 할아버지는 "아, 그건 말이죠." 하며 대답을 이어갔다. 인혜는 악기사 안을 구경했다. 천장 아래에 고정한 스테인리스 거치대에는 열 개도 넘는 바이올린이 걸려 있었고 나무로 만든 진열장에 옆으로 세워진 첼로들은 몇 개인지 한눈에 들어오지 않았다.

진열된 악기들은 얼핏 비슷해 보였으나 자세히 보면 저마다 몸통의 무늬와 색깔이 조금씩 달랐다. 바이올린은 날렵하고 앙큼했다. 첼로는 푸근하고 우아했다. 인혜는 제 키를 훌쩍 넘는 거대한 콘트라베이스 앞에서 자기도 모르게 중얼거렸다.

"빵 가게 아저씨 같아."

인혜는 탐험가처럼 조심스러운 걸음으로 악기사를 누비며 현악기들을 구경하다가 낮은 작업대 위에 반듯하게 누워 있는 첼로 앞에 섰다. 세월을 탄 악기라는 걸 한눈에 알 수 있었다. 몸통의 테두리가 까지긴 했어도 색이 바랜 부분이 무늬처럼 멋스러웠다. 낡은 첼로는 벤치에 누워 한가로이 낮잠을 자고 있는 곰 아저씨 같았다. 인혜는 악기사 할아버지를 돌아보았다. 할아버지와 할머니는 옅은 미소를 머금은 얼굴로 이야기를 나누고 있었다.

인혜는 호기심을 주체하지 못하고 손을 뻗어 첼로 옆판을 쓰다듬어 보았다. 우아한 곡선을 따라 리듬을 타는 것처럼 손이 미끄러져 내려갔다. 인혜는 할아버지를 곁눈질하며 첼로 앞판에 손바닥을 살며시 올렸다. 얇고 단단한 나무의 시원한 감촉이 가시자마자 따듯한 기운이 올라왔다. 마치 온기를 주고받는 것처럼.

'너 뭐야?'

'난 오래된 첼로. 너는?'

'내 이름은 서인혜. 반가워.'

인혜의 인사에 첼로가 나도 반갑다고 이야기하는 것 같았다. 첼로 옆에 놓인 활을 보자 그것도 쥐어 보고 싶었다. 현을 그으면 어떤 소리가 날지 애가 탈 정도로 궁금했으나 이쯤에서 만족해야 했다. 인혜는 첼로에게 눈인사를 건네고 옆의 또 다른 작업대를 살펴보았다. 오래 쓴 티가 나는 투박한 공구와 깎인 나뭇조각들이 흩어져 있었다. 호기심 어린 시선으로 작업대 위를 훑던 인혜의 시선이 고상한 모양의 납작한 조각에 닿았다.

나뭇조각은 두 다리를 벌린 채 양 주먹을 쥐고 서 있는 사람 모습을 하고 있었다. 가슴이라고 할 수 있는 곳에는 하트 문양이 파여 있었다.

할아버지가 인혜에게 말을 걸었다.

"그게 뭔지 궁금해?"

인혜가 고개를 끄덕이자 할아버지는 나뭇조각을 집어 들고 말을 이었다.

"브릿지라는 거야. 이건 첼로에 쓰이는 놈이지."

"브릿지요?"

"현의 떨림을 울림통으로 전해 주는 부품이란다. 조그맣기는 한데 브릿지가 시원치 않으면 소리를 제대로 낼 수가 없어요."

할아버지는 인혜에게 브릿지를 건네주었다. 인혜는 브릿지를 손으로 쓸어 보다가 할머니를 올려다보며 말했다.

"이거 휘어졌어요."

브릿지는 기울어진 것처럼 부드럽게 휘어져 있었다. 할머니도 신기한 장난감을 보듯 눈을 반짝였다. 할아버지가 빙긋 웃으며 말했다.

"보통 그렇게까지 휘어지는 일은 거의 없어. 아이들 교육용 첼로에 쓰이던 놈이란다. 관리가 잘 안된 거지."

할아버지는 할머니에게 말했다.

"첼로 현의 장력이 엄청나거든요. 그 힘을 버티는 게 버거웠을 겁니다."

구부러진 곳을 쓰다듬는데 가슴이 아릿했다. 안타깝기도 했고 대견하기도 했다. 브릿지를 만지작거리는 인혜를 내려다보며 할아버지는 말했다.

"가질래?"

인혜는 할머니를 올려다보았다. 할머니는 할아버지를 한번 돌아보고는 눈짓으로 괜찮다고 했다. 어린 인혜는 브릿지를 들고 기쁜 낯으로 고개를 끄덕였다.

핸드폰에서 여섯 시를 알리는 알람이 울렸다. 운동 나갈 시간이었다. 인혜는 브릿지를 베개 아래에 넣어 두고 몸을 일으켰다. 체력이 무너지면 아무것도 할 수 없으니 힘들어도 운동은 나가야 했다. 운동복으로 갈아입고 거실로 나오는데 설거지 중인 엄마가 보였다.

인혜가 물었다.

"아빠는 식당 갔어?"

"저녁 타임이잖아. 너 밥 먹이고 바로 갔어. 엄마도 금방 갈 거야."

아빠와 엄마의 성실함을 마주하면 어쩐지 마음이 무거웠다. 인혜는 현관에서 운동화를 찾아 신었다. 운동을 다녀온 뒤 연습실에 갔다가 자정쯤 돌아오면 오늘 하루 일과도 끝이었다.

운동화를 신는 인혜를 향해 엄마가 물었다.

"요즘은 운동 어디로 가는 거야?"

"저기 위에 공원 있잖아."

"공원? 놀이터?"

"거기 말고요."

그릇이 달그락거리던 소리가 끊겼다. 인혜는 조금 서둘러 현관을 나섰다. 엄마가 어떤 생각을 하는지 알 수 있었다. 그 짐작이 맞다는 걸 굳이 알리고 싶지 않았다. 어떤 사실은 모르는 척하는 게 나을 수도 있으니까.

5

　인혜의 하루는 새벽 다섯 시에 시작된다. 여섯 시 좀 넘어 학교로 출발하면 여섯 시 반에는 학교의 개별 연습실에 도착할 수 있다. 그때부터 시작된 첼로 연습은 여덟 시까지 이어졌다.

　오늘도 여섯 시에 집에서 나와 아빠가 운전하는 차를 타고 학교로 향했다. 인혜는 평소처럼 뒷좌석에서 간단한 스트레칭을 하며 손과 어깨를 풀었다.

　오늘은 연습에 집중할 수 있을까. 밀린 연습량을 생각하면 마음이 조급해지다가도 연습실에서는 무기력에 사로잡혔다. 홀로 앉아 있으면 다 포기하고 싶은 마음이 야릇한 충동으로 올라왔다.

　첼로를 안고 있으면 포근하던 때가 있었다. 첼로를 켜는 자신의 모습이 그렇게 근사할 수가 없었다. 연주복을 입고 선 무대에서 자신을 충만하게 채우는 순수한 기쁨을 경험하기도 했다. 그때는 그랬다. 첼로를 연주하고 싶어서 빨리 연습실에 가고 싶었다.

차창에 비친 인혜의 얼굴 위로 여러 날 반복해 온 질문이 다시 떠올랐다.

내가 정말 첼로를 좋아하기는 할까.

아직 해가 뜨지 않은 시각이었다. 몸을 웅크리고 가로등 아래를 걸어가는 사람이 보인다. 불 꺼진 간판이 대부분인 거리가 스산하다. 좋아하는 풍경은 아니지만 좋아하고 말고는 중요하지 않다. 가야 할 곳이 있으니 가고 있을 따름이다. 피로를 의지로 누르고, 눈에 힘을 주고, 찌뿌둥한 몸을 억지로 움직인다.

움직이다 보면 조금씩 나아지는 게 있다. 한 걸음 더 나아가는 데 실패하는 날도 있지만 두 걸음 세 걸음 나아가는 날도 있다. 그런 날이면 보람이 찾아들기도 했다. 좋아하고 잘하는 일을 하고 있다는 확신에 가슴이 뿌듯하기도 했다. 그러나 지금은, 그러니까 할머니가 돌아가신 뒤로는, 어처구니없는 실기시험 성적을 받은 뒤로는 불안만 가득하다. 혼자가 되면서까지 첼로에 쏟아부은 노력이 인혜를 배반한 듯하다. 상처만 남은 충성을 계속 이어가는 건 어찌 보면 바보짓이 아닐까.

차가 속도를 줄이다 신호등 앞에서 멈췄다. 부옇게 번지는 빨간 신호등 불빛이 인혜의 상태를 가리키는 듯하다. 멈춰 버린 연습, 위태로운 마음, 다 그만두고 싶은 충동. 모든 게 빨간 신호를 떠올리게 한다. 멍한 시선과 멍한 기분 속에서 흐릿한 문장이 다시 떠오른다.

내가 첼로를 좋아하기는 할까.

"괜찮은 거야?"

운전석에서 아빠 목소리가 건너왔다.

아뇨. 하나도 괜찮지 않아요. 다 그만두고 싶어요. 첼로도 그만하고 싶어요. 심정대로라면 그렇게 대답해야 한다.

"걱정 마요. 늘 괜찮으니까."

아빠의 두 눈이 룸 미러에 비쳤다. 인혜는 아빠의 시선을 다른 곳으로 돌리고 싶다.

"아빠는 괜찮아?"

"나?"

그렇게 말해 놓고 아빠는 선뜻 대답을 잇지 않는다. 사거리를 지나고 우회전을 한 뒤에야 장난스런 목소리가 들렸다.

"아빠야 천하무적이지!"

거짓말. 늘 괜찮다는 인혜의 말도 아빠에게 거짓말로 들렸을까. 부녀가 이렇게 서로 대놓고 거짓말이라니. 늘 괜찮은 사람은 없다. 천하무적인 사람도 없다. 아빠를 향한 안쓰러움이 가슴에 퍼졌다.

후줄근한 모범생 같은 아빠는 한때 공무원이었다. 5급 사무관으로 시작해서 꽤 높이 올라갔다는데, 어느 날 갑자기 할머니에게 찾아가 공무원 일을 그만두고 싶다며 투정 아닌 투정을 부렸다. 이유는 국수가 먹고 싶어서.

7년 전, 아빠는 엄마와 함께 숙희 국수의 식탁에 앉아 할머니에게 툴툴대며 말했다.

"엄마, 나랏일 그거 별거 없어. 하는 일도 답답하고 마음에 하나도 안 들어요. 이상한 일이나 시키고 말이야. 너무 바쁘기만 하고 내가 원하지 않는 자리에 계속 끌려다녀야 한다고요. 이 짓 계속하다가는 엄마 국수 한 그릇도 제대로 못 먹겠어요."

아빠는 할머니와 함께 국숫집에서 일하고 싶다고 했다. 할머니는 눈썹 사이를 좁힌 채 하나뿐인 아들을 노려보다가 유리문 너머 거리를 한참 바라보았다. 초등학교 4학년이던 인혜와 2학년이던 동우는 할머니 옆에서 비빔국수를 먹고 있었다.

할머니는 아빠와 엄마에게 말했다.

"국수 먹을 거지?"

둘은 동시에 대답했다.

"숙희 국수요."

할머니는 따라 일어서는 아빠와 엄마를 손짓으로 눌러 앉혔다.

"머리가 복잡하면 손이라도 바빠야 해."

아빠와 엄마가 김이 오르는 국수를 반쯤 비웠을 즈음, 할머니가 팔짱을 풀면서 말했다.

"식당이 쉬운 줄 알아?"

아빠는 아삭아삭 씹던 김치를 얼른 삼키고 휴지로 입을 닦았다.

"저도 알아요. 실패담 엄청 많더라고요. 그래도 되는 데는 되잖아요. 배워서 실수를 줄일게요. 엄마, 나 몰라요? 배우는 거 엄청 잘하잖아요. 그리고 엄마, 숙희 국수는 남 주기에 너무 아까워요. 권리금 받고 다른 사람한테 넘기는 것보다는 우리 집안에 두는 게 낫죠. 숙희 국수 정리할 마음 확실하신 거면 제가 받을게요. 엄마 보기에 제가 준비됐다 싶을 때 숙희 국수 맡겨 주세요."

할머니는 아빠 옆에 앉은 엄마에게 말했다.

"미정아, 쟤 이래도 괜찮겠어?"

아빠가 정말 공무원을 그만둬도 괜찮겠냐는 말이었다. 엄마가 말했다.

"저도 국수가 좋기는 해요. 공무원은 둘 중 한 사람만 해도 좋을 것 같고요."

인혜는 고추장 양념이 반질거리는 국수를 입에 물고 아빠와 엄마를 번갈아 살폈다. 만날 싸움이었던 아빠 엄마가 같은 얼굴로 앉아 있는 게 좋았다.

당시 부모님은 자주 다퉜다. 둘 다 공무원이던 아빠와 엄마는 무슨 일이 그렇게 많은지 거의 매일 야근이었다. 집에 와서는 남는 시간을 알뜰살뜰 쪼개어 부부 싸움에 열을 올렸다. 상대방의 말투나 표정을 트집 잡아 시작한 다툼은 서로에 대한 실망과 원망으로 이어졌고, 매번 분노로 정점을 찍고서야 소강상태로 접어

들었다.

아빠 엄마 둘 다 공부를 잘했기 때문인지 말싸움도 논리적이고 치열했다. 인혜는 사람에게 성적이 전부가 아니라는 걸 일찌감치 깨쳤다. 아빠와 엄마는 화해하고 양보하기보다 자기 입장이 얼마나 더 말이 되는지 입증하는 것으로 상대를 누르려 들었다. 똑똑한 덕에 부부 싸움이 파국으로 번지지는 않았다는 게 다행이라면 다행이랄까.

할머니는 옆에 앉은 인혜를 물끄러미 바라보며 말했다.

"인혜야, 너희 엄마 아빠가 숙희 국수를 진짜 갖고 싶은가 보다."

인혜는 해사하게 웃으며 말했다.

"세상에 숙희 국수를 싫어할 사람은 없을걸요?"

할머니는 인혜의 양 볼을 두 손으로 감싸며 이뻐 죽겠다는 듯 온 얼굴에 웃음 주름을 잡았다.

"역시 그렇지?"

할머니는 해볼 테면 해보라는 식으로 대꾸했고 아빠는 일을 줄이고 일찍 퇴근하기 시작했다. 할머니를 도우며 식당 일을 배운 아빠는 2년 뒤에 숙희 국수를 넘겨받았다. 엄마도 집에 일찍 들어오기 시작했다. 야근을 안 하니 힘이 남아돌았던 건지 아니면 싸울 상대가 없어 심심했던 건지, 엄마는 저녁이면 이따금 숙희 국수에 가서 일을 거들었다. 아빠와 엄마가 싸우는 일은 점차

줄어들었다. 계절을 타긴 했지만 장사도 잘됐고 아빠의 얼굴에는 건강한 웃음이 감돌았다. 엄마도 한결 편안해 보였다. 그때까지는 괜찮았다. 아빠가 할머니의 강한 반대에도 불구하고 분점을 내기 전까지는.

아빠는 숙희 국수 분점을 내겠다고 했고 할머니는 극구 반대했다. 몇 번의 대립 끝에 할머니는 인혜네 집에 찾아와 아빠를 안방으로 데리고 들어갔다. 안방에서 낮은 소리로 주고받던 목소리는 이내 거실에서도 들릴 정도로 커졌다. 아빠는 돈을 더 벌고 싶다고 했다. 인혜 뒷바라지, 동우 뒷바라지를 확실히 하고 싶다고 했다. 먼저 폭발한 건 할머니였다. 할머니는 아빠에게 숙희 국수를 넘긴 걸 후회한다고, 네 멋대로 하다가 고꾸라져도 난 모른다고 목소리를 높였다. 할머니는 매서운 얼굴로 집을 나서며 말했다. 다시는 오지 않을 줄 알라고.

그 뒤로 아빠가 몇 번이나 할머니를 찾아갔으나 할머니는 문도 열어 주지 않았다. 명절 때 만나면 어색한 시간을 보내다가 이도 저도 아닌 인사를 나누고 헤어졌다. 아빠와 할머니의 관계가 틀어지자 인혜도 덩달아 할머니와 서먹해졌다. 아빠의 고집대로 낸 분점은 할머니의 염려가 타당했다는 걸 증명이라도 하듯 제대로 망해 버렸다.

"다 왔습니다. 인혜 공주님."

"아, 진짜 가기 싫다."

말은 그렇게 하면서도 인혜는 가방을 챙겨 내렸다. 아빠는 트렁크에서 첼로를 꺼내 인혜의 어깨에 걸어 주며 늘 하던 말로 인혜를 보냈다.

"너무 무리하지 말고!"

인혜는 아빠를 향해 웃음을 지어 보이고 몸을 돌렸다. 패딩 점퍼의 지퍼를 끝까지 올리고 어둠이 옅어져 가는 학교 운동장을 가로질렀다. 아침 연습을 나온 애들이 간간이 눈에 띄었다. 차가운 바람에 몸이 후드득 떨렸다. 연습실이 가까워질수록 인혜의 표정이 굳어갔다.

1층 현관으로 들어서자 피아노 소리, 바이올린 소리, 첼로 소리, 플루트 소리가 희미하게 들렸다. 방음 설비가 된 연습실이지만 때가 고요한 이른 아침이라 어쩔 수가 없었다. 인혜는 별관 3층으로 올라가 로비 중앙에 놓인 그랜드 피아노를 지나 칸칸이 나뉜 연습실이 이어지는 복도로 들어섰다. 연습실 문에 난 창으로 악기를 다루는 아이들이 보였다. 그들을 곁눈질하며 걷다 보면 조급함과 안도감이 뒤섞여 올라왔다.

이른 아침부터 연습실에 오는 아이들은 얼마 되지 않았다. 첼로 전공에서 매일 오는 사람은 인혜와 연수뿐이었다. 인혜는 일부러 연수가 자주 들어가는 연습실 옆방을 자기 방으로 찜해 두었다.

연수의 연습실에 불이 켜져 있었다. 오늘도 인혜보다 일찍 온 모양이었다. 연수는 대체 몇 시에 나오는 걸까. 몇 시에 자고 몇 시에 일어날까. 연수를 실력으로 따라잡는 게 가능하기나 할까. 연수도 따로 있는 천재 부류는 아니었다. 연수와 인혜 둘 다 '연습쟁이'인 것은 같지만 위치가 달랐다. 연수는 이번 실기시험에서 몇 등을 했을까. 연습에 몰두하는 연수를 보면 질투보다는 기가 질리는 기분이 먼저였다.

연수가 있는 연습실을 지나치는데 익숙한 멜로디가 울렸다. 인혜는 우뚝 멈춰서 숨을 죽이고 귀를 기울였다. 방음벽 너머에서 들려오는 연주 소리는 물속에서 듣는 것처럼 먹먹했으나 인혜는 곧 알 수 있었다. 연수가 연주하고 있는 곡의 이름을.

〈재클린의 눈물〉. 20세기 후반에 불치병으로 삶을 마감한 영국의 천재 첼리스트 재클린 듀프레이를 추모하는 곡이었다. 인혜에게는 엄정현 선생님을 떠올리게 만드는 곡이었다.

엄정현 선생님은 이 곡을 유난히 좋아했다. 엄정현 선생님의 레슨은 괴로울 때가 대부분이었으나 한 가지는 분명했다. 선생님은 예술가였다. 선생님이 연주에 영혼을 쏟아붓고 있다는 걸 느낄 때면 어깨와 팔뚝에 오소소 소름이 돋았다. 미운 사람이었으나 어쩔 수 없이 경외감이 들었다. 엄정현 선생님은 인혜와는 다른 차원의 연주를 하는 사람이었다.

엄정현 선생님이 연주하는 〈재클린의 눈물〉은 마음을 슬픔에 젖게 했다. 선율에 흐르는 슬픔은 아름다웠다. 음악이 쓰디쓰고 어둑한 마음을 더 높은 차원의 다른 감정으로 승화시킨다는 걸, 인혜는 엄정현 선생님의 연주로 깨달았다.

슬픔은 피어나는 감정이었다. 누군가를 사랑할 때, 절망스러울 때, 안타까울 때, 사랑하는 사람을 잃을까 봐 두려울 때, 잃고 싶지 않은데도 지킬 수 없어 무력할 때, 온갖 감정이 차오르고 넘친 뒤에 마침내 피어나는 감정이었다. 엄정현 선생님은 싫었지만 선생님이 연주하는 〈재클린의 눈물〉은 좋았다. 엄정현 선생님과 결별한 뒤에도 인혜는 이따금 이 곡을 듣곤 했다.

〈재클린의 눈물〉을 듣고 있으면 재클린이 인혜에게 말을 건네는 듯했다. 너의 마음을 나도 알고 있다고, 마음속 얼어붙은 강과 좌절의 늪이 내게도 있었다고 말하는 것 같았다. 죽음 너머의 세계로 건너간 지금은 음악에 실려 시공간을 아스라이 떠돌고 있다고, 음악의 정령과 함께 지나간 날을 회상하며 노래하고 있다고, 위에서 바라보면 사람 사는 게 참 별것 없고 그래서 애틋하고 그래서 특별하다고 말하는 듯했다.

인혜도 축축하고 무거운 마음을 음악으로 데워 하늘로 날려 보내고 싶었다. 바람에 흩어지고 마는 흰 구름으로 바꿔 내고 싶었다. 불현듯 할머니의 목소리가 들리는 듯했다.

"인혜야, 삶은 흐르는 거더구나."

중학교 3학년 여름. 엄정현 선생님과의 레슨을 끝장내고 돌아와 할머니 집에서 지낼 때 들은 말이었다. 무슨 말이냐고 묻자, 할머니는 담담한 표정으로 말했다.

"지금 당장은 힘들어도 다 지나가는 일이야. 늘 다음이 있는 거야. 바람도 지나가고, 시간도 지나가고, 지금도 지나갈 거야. 죽을 때까지."

마침내 할머니는 흐르는 삶의 종착지에 다다랐다. 할머니에게는 이제 다음이 없다. 할머니와 인혜가 함께할 수 있는 시간도 없다. 잃어버린 것을 주워 담을 수도, 놓쳐 버린 순간으로 되돌아갈 수도 없었다.

눈시울이 뜨거워지려는데 연수의 연주가 끊겼다. 어디서 막힌 모양이었다. 연주가 끊기지 않았다면 인혜는 복도에 선 채 계속 넋을 놓고 있었을 것이었다.

'역시 연수는 연수구나.'

익숙한 질투가 조그맣게 기지개를 켰다. 인혜는 연수 옆방으로 들어가 문을 닫았다. 연습을 시작해야 하는데 여전히 마음의 엔진은 꺼진 그대로였다.

인혜는 핸드폰을 꺼내 들고 주소록을 열었다. 주소록에서 '나의 할머니'를 검색했다. 핸드폰에 뜬 익숙한 숫자의 조합을 내려다보는데 할머니가 여전히 살아 있는 것 같았다. 통화 버튼을 누르면 연결음이 몇 번 울리다가 "인혜니?" 하며 할머니가 전화를 받을 것만 같았다. 그러면 인혜는 무어라 말하게 될까. 죄송하다고 할까, 잘못했다고 할까, 아니면 오늘 저녁에 맛있는 거 사달라고 조를까. 그것도 아니면 보고 싶다고 말하게 될까.

할머니와 저녁을 먹을 수도, 할머니를 보러 갈 수도 없다. 서럽고 원망스러웠다. 도망치고 싶고 잊고 싶고 아무것도 느끼고 싶지 않았다.

핸드폰 화면에 뜬 할머니의 번호를 쓰다듬던 인혜는 충동적으로 삭제 버튼을 눌러 버렸다.

6

 2학년 2학기 실기시험이 공정하지 않다는 얘기를 들은 건 매점에서였다. 실기 성적이 발표된 지 닷새가 지났을 때였다. 아침 연습을 마치고 1층 매점에서 빵과 딸기우유를 사 매점 탁자에 앉았는데 대각선 너머에서 애들 둘이 쑥덕이는 소리가 들렸다.
 "들었어? 이번 2학년 첼로 실기."
 "아니. 뭔데?"
 "성적이 제대로가 아니래."
 "무슨 소리야?"
 "심사 위원 중에 급이 높은 첼로 레슨 선생님이 있었는데, 그 선생님 때문에 누가 불이익을 당했대."
 "진짜? 누구?"

"그 선생님이랑 안 좋게 깨진 학생이 있는데 실기시험 최하점이래. 2학년 첼로 중 꼴찌."

"야, 말도 안 돼. 한 명이 낮게 줘 봐야 의미 없잖아. 제일 낮은 점수랑 제일 높은 점수는 평균에서 아예 빼니까."

"당연히 혼자서는 어렵지."

"……뭐야, 설마?"

"자기랑 친한 심사 위원들한테 말해서 한 명을 꼴찌로 만들었다는 거야."

"으아, 어떡해! 진짜야? 심사 위원들이 작당해서 한 명을 꼴찌로 만들었다고? 사실이면 너무 무섭다!"

"진짜인지는 나야 모르지. 나도 건너 건너 들은 얘기야. 반주 선생님이 통화하는 걸 들었다는데 맞지 않을까?"

2학년 첼로 꼴찌는 인혜 자신이었다. 가슴에 바위가 떨어진 것 같았다. 돌아보니 여자애 둘이 구운 달걀과 요구르트로 아침을 때우고 있었다. 1학년 바이올린 전공 애들 같았다. 인혜는 어쩌다 시선이라도 마주칠까 두려워 얼른 몸을 돌렸다.

애들이 떠든 대로 인혜의 꼴찌 성적이 심사 위원들의 작당으로 만들어진 것이라면, 사적인 감정으로 그 일을 주도한 사람이 있다는 거였다.

심사 위원 중 누가 나를 유난히 싫어했을까.

고민할 필요도 없었다. 인혜를 싫어한 심사 위원은 엄정현 선생님일 것이다. 엄정현 선생님과 인혜는 그야말로 악연으로 끝난 사이니까.

얼굴이 화끈거리고 몸이 떨렸다. 인혜는 마음을 다잡으려 애썼다. 소문일 뿐이다. 추측일 뿐이다. 바이올린 애들도 건너 건너 들은 이야기라고 하지 않았는가. 그러나 들어 버린 이상 아무렇지도 않게 흘려보낼 수는 없었다. 수군거림은 이미 사실로 마음에 스며든 뒤였다.

엄정현 선생님 혼자 한 일은 아닐 것이었다. 이찬 예고는 실기시험 심사에서 최고 점수와 최저 점수를 빼고 평균 점수를 낸다. 엄정현 선생님이 인혜에게 0점을 줘도 평가 결과에는 아무런 영향을 미치지 못한다. 하지만 중견 첼리스트인 엄정현 선생님이 심사에 들어가기 전에 선생님들 앞에서 인혜의 실력을 폄훼했다면 이야기는 달랐다.

누구누구의 계보, 어느 선생님에게 배운 제자, 같은 대학 출신, 영향력 있는 연주자를 따르는 한 무리의 제자들과 그들이 이룬 일종의 파벌, 계파 같은 것이 음악계에도 있었다. 엄정현 선생님은 첼로에서 최상위권으로 분류되는 음대를 나왔다. 한때 연주자로 제법 유명했던 사람이니 상당한 영향력이 있을 터였다. 누구도 엄정현 선생님의 판단을 무시하기는 어려웠을 것이었다.

"인혜야, 그 선생님이 이 바닥에서 마왕이래."

'마왕'은 초등학교 6학년 때 엄마에게서 들은 엄정현 선생님의 별명이었다. 당시 아빠와 엄마는 뒤늦은 예술 중학교 입시로 조급해했다. 최상위권 학교는 엄두도 못 내는 상황이었다. 할머니는 우리 형편으로는 집을 팔아야 할지도 모른다며 예중 진학을 반대했지만 아빠는 할 거면 제대로 하자고 했다. 엄마도 아빠와 같은 생각이었다. 실기 실력을 가장 빨리 올릴 수 있는 방법을 찾던 아빠와 엄마는 아는 사람으로부터 엄정현 선생님을 추천받았다.

엄정현 선생님에 대한 평가는 반으로 갈렸다. 아무나 가르치지 않는 선생님. 부모들은 좋아하지만 학생들은 괴로워하는 선생님. 탁월하지 않으면 버틸 수 없는 선생님. 떡잎이 노란 학생은 음악을 그만두게 만드는 선생님. 한때 촉망받는 첼리스트였으나 이제는 레슨만 하고 연주 무대에는 거의 서지 못하는 사람이라는 소문도 있었다.

아빠와 엄마와 인혜는 엄정현 선생님에 관한 정보를 늘어놓고 고민했다. 아빠는 인혜의 눈치를 봤고 엄마는 주저했다. 인혜는 선택했다.

"나, 이 선생님한테 배울래."

아빠와 엄마의 반짝이는 눈을 보며 인혜는 제 선택이 옳다고 확신했다.

엄마가 물었다.

"정말 괜찮겠어? 별명이 마왕이라는데?"

예술 중학교와 첼로 전공이라는 말에 취해 있던 6학년 인혜는 맹랑한 목소리로 말했다.

"레슨 실력이 최고라며."

쉽게 선택할 일이 아니었다는 걸, 인혜는 나중에야 알았다.

엄정현 선생님이 레슨을 하는 곳은 도심을 벗어나고도 시골길을 10분 넘게 달려야 하는 거리였다. 실력 있는 선생님들이 교통 편한 곳에 스튜디오를 차리고 학생을 받는 것과는 대조적이었다. 산자락 아래 한적한 곳에 외따로 떨어져 있는 2층짜리 단독 주택은 고풍스러웠다. 담장 안에 잔디밭과 정원이 있는 제법 큰 집이었다. 인공 연못과 분수대는 말라 있었지만 그런 시설이 있다는 것 자체가 근사했다.

레슨 장소는 1층 거실이었다. 부채꼴 형태의 벽에는 파블로 카살스, 재클린 듀프레이, 에마누엘 포이어만 같은 첼리스트들의 흑백 사진이 걸려 있었고, 거실 한복판에는 그랜드 피아노가 놓여 있었다. 그곳에서 인혜는 엄정현 선생님을 처음 만났다. 이따금 눈빛이 심상찮게 번득이기는 했지만 마왕이라기보다는 다소 지친 어른 같아 보였다.

인혜의 연주를 들은 엄정현 선생님은 뿔테 안경을 벗어 천천히 닦으며 엄마를 향해 말했다. 받아 주기는 하겠으나 이런 실력으로 예중 입학은 턱도 없다고. 인혜로서는 처음 듣는 박한 평가였다. 어떡하면 좋으냐는 엄마의 말에 엄정현 선생님은 말했다.

"연주자에게 연습은 숙명입니다."

엄정현 선생님은 인혜에게 더 많은 연습을 요구했다. 하루에 10시간 이상 연습해야 하니 학교도 매일 조퇴하라고 했다. 극기 훈련이나 다름없는 연습 계획을 들은 엄마는 "도대체 잠은 언제 자나요?"라고 물었고, 엄정현 선생님은 단조로운 어투로 대답했다.

"안 잘 수 있으면 그것도 나쁘지 않습니다."

엄정현 선생님은 인혜가 천재가 아닌 이상 악기로 성공하려면 연습쟁이로 살아야 한다고 했다. 인혜는 해 보겠다고 했고 첫날부터 울고 돌아왔다.

"이게 안 들리니?"

"그게 안 이상해?"

엄정현 선생님 레슨 때 인혜가 가장 많이 듣는 말이었다. 교통사고가 나서 레슨을 못 가게 되면 얼마나 좋을까 생각한 게 한두 번이 아니었다.

엄정현 선생님의 집에 오가는 길을 함께한 건 인혜의 예중 진학 결심을 탐탁스러워하지 않았던 할머니였다. 할머니는 뒷좌석에 앉아 앞니로 손톱을 물어뜯는 인혜를 룸 미러로 흘끗거리다가 차마 못 보겠다는 듯 눈길을 돌리곤 했다. 인혜는 그런 할머니의 마음을 알면서도 느끼지 못한 척 차갑게 굴었다. 할머니의 염려에 위로를 받으면 독하게 먹은 마음이 허물어져 버릴 것 같아서.

혹독한 레슨은 효과가 있었다. 레슨 한 달 뒤, 인혜의 연주를 들은 할머니는 인정하지 않을 수 없다는 듯 "늘긴 늘었구나."라며 말끝을 흐렸다. 음악에 둔감한 아빠도 한쪽 눈썹을 치켜올리며 더 해 보면 어떻겠느냐고 했다. 엄마는 너무 힘들면 언제든 그만 두라고 했다. 단, 정말로 그만두고 싶을 때, 후회 없이.

그만둘 생각 따위 없었다. 예술 중학교에 합격할 수만 있다면 고통쯤은 감당할 수 있었다. 합격 통지를 받은 날, 인혜는 서러움 과 기쁨이 뒤섞인 감정을 어쩌지 못하고 엉엉 소리 내며 울었다. 난생처음 경험한 극기의 결과였으나 문제는 합격 뒤였다.

더는 첼로가 만만하지 않았다. 첼로를 품어도 따뜻하지 않았다. 첼로는 푸근한 곰 아저씨가 아니라 길들이기 벅찬 야생 곰 그 자체였다. 중학교 3학년 가을까지 엄정현 선생님의 레슨을 받는 동안 인혜는 무대 공포증과 어깨 통증, 불면증에 시달렸다. 레슨 이 있는 날이면 아침부터 배가 아팠고 불안을 진정시키는 약을 먹기도 했다. 레슨을 그만두던 날, 엄정현 선생님은 인혜에게 악 보를 거칠게 흩뿌리며 말했다.

"너라는 애는 어쩔 수가 없구나."

그게 엄정현 선생님이 인혜에게 던진 마지막 말이었다.

딸기우유를 마실 수가 없었다. 빵도 마찬가지였다. 인혜는 매 점 테이블에서 일어나 본관 2층의 음악 2반 교실로 향했다. 교실로 향하는 계단을 오르며 차분히 생각을 정리해 보려 했지만 마음이 온전치 않았다. 인혜는 화장실에 들어가 손을 씻고 세수를 했다. 뺨을 타고 흐른 물이 뾰쪽한 턱 끝에서 주르륵 떨어졌다.

인혜는 거울 속 물에 젖은 자신을 바라보다 지그시 아랫입술을 물었다. 오늘 수업은 영어, 수학, 논술, 미술, 전공, 전공, 전공, 전공. 점심 먹고 나서 네 시간 내리 전공 수업이었다. 오늘 전공 수업 중에는 연주 수업도 있었다. 2학년 음악과의 모든 아이들 앞에서 개인 레슨 때 익힌 곡을 연주하는 수업이었다. 인혜에게는 견디는 시간이 될 터였다.

꼴찌의 실력을 선보이는 자리였으므로.

7

동우는 학원에 갔고, 아빠와 엄마는 식당에 있다. 날이 점점 스산해지면서 국숫집에 손님이 는다고 했다.

인혜는 집에서 혼자 저녁을 먹고 설거지를 했다. 운동복으로 갈아입고 현관 문손잡이를 돌리는데 하루 종일 누르고 눌렀던 목소리가 떠올랐다.

'심사 위원들이 작당해서 한 명을 꼴찌로 만들었다고?'

아침에 들은 목소리가 저녁이 되어도 또렷했다. 운동을 나가려던 인혜는 현관에 가만히 서 있다가 주방으로 도로 들어가 작은 페트병을 찾아 들었다. 거실 한쪽의 술장으로 다가가 고풍스러운 문양이 양각된 손잡이를 잡아당겼다. 가장 안쪽에 있는 술병을 꺼내 붉은 캐러멜빛이 도는 위스키를 페트병에 담았다. 달콤하면서도 톡 쏘는 알싸한 향이 확 퍼지자 어지럼증이 이는 듯했다. 인혜는 운동복 안주머니에 페트병을 넣고 다시 운동화를 신었다.

문밖으로 나가 엘리베이터 버튼을 눌렀다. 1층으로 내려가 아파트 정문을 나선 뒤 산자락과 다리가 보이는 오른편 길로 천천히 달렸다. 숨이 차오르기 시작하자 가슴에 잔잔히 통증이 일었다. 개천을 가로지르는 하얀 아치형 다리를 건넌 인혜는 멈춰 서서 허리에 손을 올리고 숨을 골랐다.

다리를 건너니 어쩐지 다른 세계로 들어선 듯했다. 공기가 다르고 바람이 다르다. 길가의 은행나무와 단풍나무가 바람에 흔들리면서 자기들끼리 속삭이는 듯하다. 산에서 내려온 시원한 공기가 가슴을 채운다. 땅거미가 내려앉은 사위와 절정으로 치닫는 단풍을 바라보고 있자니 뒤엉킨 채 부풀어 버린 마음이 차분히 가라앉는 듯하다. 인혜는 조금씩 가팔라지는 산자락을 향해 다시 걷기 시작한다. 주머니에 넣은 작은 페트병에서 술이 찰랑거렸다.

산자락에는 정겹게 자리 잡은 작은 마을이 있었다. 인혜는 공업사와 빌라 단지를 지나 가장자리에 덤불을 두른 텅 빈 밭을 왼쪽에 두고 걸어 올라갔다. 걷고 또 걸어 올라가자 추모 공원 간판이 나왔다.

인혜는 여섯 개의 거대한 기둥을 세운 정문을 지나쳐 직사각형 봉분이 줄지어 있는 묘지로 들어섰다. 땀이 뺨에 꼬리 자국을 남기고 턱 끝에 맺혔다. 인혜는 윗면이 둥그스름한 묘비 앞에 서

서 차오른 숨을 내쉬었다. 인혜의 시선이 묘비의 비문으로 내려
갔다.

음악을 사랑한 사람 김숙희

아빠가 정한 비문이었다. 인혜는 페트병의 뚜껑을 열고 봉분에
술을 뿌렸다. 위스키 향이 공기 중에 잠시 퍼졌다가 바람에 흩어
졌다. 할머니가 생전에 좋아했던 술이었다. 할머니는 이따금 아
빠의 술장에서 몰래 한 잔씩 따라 마시고는 장난꾸러기 같은 표
정을 짓곤 했다.

"할머니, 그냥 당당하게 마셔요. 아빠가 뭐라 하지도 않을 텐
데."

인혜의 말에 할머니는 웃으며 대꾸했다.

"몰래 먹어야 제맛인 것도 있는 거야."

할머니의 죽음을 두고 사람들은 호상이라고 했다. 할머니는 평
양에서 태어나 한국 전쟁 때 부모님과 부산으로 내려왔고 서울
에서 어린 시절을 보냈다. 여자 상업 고등학교를 졸업한 뒤 섬유
공장과 제약 회사에서 경리로 일하다가 여덟 살 많은 인혜의 할
아버지와 결혼했다. 할아버지는 결혼한 지 얼마 되지 않아 교통
사고로 세상을 떠났다.

할머니는 하나뿐인 아들을 키우며 국수를 팔아 집안을 일으켰

다. 맛집으로 자리 잡은 뒤에는 분점을 내자는 제안을 여러 차례 받았지만 할머니는 숙희 국수를 튼실히 관리하는 데 정성을 쏟았다. 내부 인테리어와 간판을 바꾸고 화장실을 넓혔고 주차 공간을 확보하고 종업원들의 임금을 올렸다. 숙희 국수를 관리하고 손님을 맞이하는 할머니 얼굴에는 잔잔한 자긍심이 흘렀다.

숙희 국수에서 완전히 손을 떼고도 할머니는 일을 놓지 않았다. 할머니가 다시 시작한 일은 뜻밖에도 장애인 활동 지원사였다. 아빠는 할머니의 선택에 의아해하면서 힘들 게 분명하니 다시 생각해 보라고 말렸다.

"엄마도 참. 취미 생활하면서 건강 관리하고 그러셔도 되잖아요. 스포츠 댄스 같은 것도 하고 악기도 배우고요."

"싫다."

"왜요?"

"일이 좋으니까."

말린다고 들을 할머니가 아니었다. 누군가를 돕는 것도 좋고 여유 시간도 많아서 좋다고 했다. 할머니는 남는 시간을 음악으로 채웠다. 혼자 피아노를 익혔고 첼로와 바이올린은 문화 센터에서 배웠다. 지병도 없었고 운동도 꾸준히 했다. 그러나 할머니는 너무나 갑작스럽게 세상을 떠났다. 할머니 심장은 잠을 자던 중에 조용히 멈춰 버렸다. 장례식장을 찾아온 할머니의 친구들은 말했다.

"나도 숙희처럼 죽고 싶네."

부러운 죽음이라니. 나이가 들면 죽음이 흔해지는 걸까. 장례식장에서 사람들은 죽음을 쉽게 입에 올렸다. "누구는 어쩌고 산대?" 하고 안부를 물으면 "그 사람? 진즉에 죽었지!" 하고 대꾸하기도 했다. 조문객들은 할머니를 자기 일을 좋아했던 사람, 돈도 많이 번 사람, 하고 싶은 거 하면서 산 사람, 오지랖이 넓은 사람으로 추억했다.

인혜는 할머니의 무덤 앞에 서서 말했다.

"할머니, 나 이번에 꼴등 했어."

할머니는 말이 없다.

"할머니가 엄청 싫어했던 마왕 있지? 그 선생님이 이번 실기시험 때 심사 위원으로 앉아 있었거든."

할머니가 들었다면 "그 개떡 같은 여자는 무슨 낯짝으로 아직도 선생 노릇을 한다니?"라고 말해 주었을 것이다. "할미가 제대로 패대기쳐 버릴까?"라는 말로 인혜를 웃겼을지도 모른다.

"내 실기 성적이 공정한 게 아닐 수도 있다. 마왕이 날 싫어해서, 어쩌면 그래서 다른 심사 위원이랑 짜고 점수를 낮게 줬을지도 모른대."

인혜는 마왕이 친한 심사 위원들과 쑥덕이는 장면을 상상했다.

인혜라는 애가 심사받을 텐데, 걔가 좀 그래요.

아, 걔 누군지 알아요. 연주가 좀 어설프죠?

그런 애들이 있죠. 같이 수업하면 힘든 애들.

그건 태도의 문제가 큰데, 그렇죠?

자기 의도대로 흐르는 대화를 관망하며 만족스러워했을 마왕을 생각하자 왈칵 분노가 치솟았다.

인혜는 수업이 끝나고 집으로 오면서 반주 선생님에게 전화를 걸었다. 인혜와는 2년째 호흡을 맞춘 선생님이라 편하게 메시지도 나눌 수 있는 사이였다. 이번 실기시험 때 피아노 반주를 맡았으니 아는 게 있을 것 같았다.

반주 선생님은 다섯 명 중 5등을 했다는 인혜의 말에 깜짝 놀라며 "그 정도는 아니었을 텐데?" 하고 안타까워했다. 아침에 매점에서 들은 소문에 관해 물어보았는데 반주 선생님은 속 시원히 이야기해 주지 않았다. "맞아. 그럴 수도 있겠다. 엄정현 선생님이 그쪽 라인이긴 하지. 싫어하는 사람들도 많고. 너도 알잖아. 그분 성격이 워낙⋯⋯." 하며 말꼬리를 흐렸다. 아는 게 있긴 한데 말조심을 하는 것 같았다.

무덤 위로 떨어진 낙엽이 바람에 밀려 굴러 내려갔다. 인혜는 할머니에게 오늘 연주 수업 때 일을 털어놓았다. 서인혜 나오렴, 하는 말에 일순간 고요해진 교실과 인혜에게 들러붙던 아이들의 시선에 대해 이야기했다. 인혜가 첼로 꼴등이라는 사실이 다 퍼진 걸까. 꼴등의 연주 실력이나 한번 감상해 보자, 싶었던 걸까. 저렇게 연주하면 꼴등 하는구나, 생각했던 걸까. 연주가 끝난 뒤

교실에 내려앉던 적막이 평소와 다른 것만 같아서 인혜는 가슴이 짓눌리는 듯했다. 인혜의 연주를 듣고 감상을 쓰는 볼펜 소리가 유난히 딱딱하고 뾰족했다고, 이따금 들리던 아이들의 한숨 소리가 마음을 할퀴고 지나갔다고 인혜는 하소연했다.

"선생님도 그래. 다른 애들한테는 자세 안 고치면 허리에 문제 생긴다, 작곡가가 원했던 표현이 정말 지금 그거인 거 같냐, 그러면서 뭐라 막 그랬거든? 근데 나한테는 아무 말도 없어. 잘했네, 그게 끝이야."

아무 대답 없는 무덤 앞에서 인혜는 텅 빈 하늘 어딘가로 시선을 던졌다. 할머니의 말을 듣고 싶었으나 애초부터 부질없는 바람이었다. 할머니가 살아 있었다 해도 오늘 일을 할머니에게 털어놓지는 않았을 것이었다.

저녁 어스름이 깔린 묘지는 으스스하고 스산했다. 바람에 떨어지는 낙엽이 서걱거렸다. 인혜는 눈물이 나려는 걸 간신히 참았다.

"갈게요."

돌아오는 대답은 없었다. 인혜는 할머니 묘비를 향해 보고 싶다고 하려다 말을 삼켰다. 미안하다고도 말하고 싶었지만 그 말을 하면 눈물이 쏟아질 것 같았다.

인혜는 콘크리트 도로를 따라 집으로 걸어갔다. 추모 공원을 나와 정비소를 지나 빌라 단지로 내려가다, 걸음을 멈추고 주위를 두리번거렸다. 어디에선가 음악 소리가 들린 것 같았다.

지난 한 달 동안 매일 이곳을 오갔지만 악기 소리를 듣기는 처음이었다. 승용차 두 대가 차례로 인혜 옆을 스쳐 지나갔다. 차가 지나가고 나자 다시 음악 소리가 들렸다.

연주라고 할 수는 없는, 초보 수준의 악기 연습 소리였다. 인혜의 관심을 끈 건 악기였다. 이게 무슨 악기일까. 오케스트라에 올라오는 악기 중 이런 소리를 내는 건 없었다. 인혜는 악기 소리가 들리는 쪽으로 더 내려가 빌라 단지로 들어섰다.

소리는 빌라 단지에서 조금 떨어진 곳에 있는 교회에서 들렸다. 인혜는 교회로 향했다. 벽돌과 조립식 패널로 지은 작은 교회였다. 지은 지 얼마 되지 않았는지 모든 게 새것이었다. 인혜는 음악 소리가 들리는 곳을 찾아 기웃거렸다. 하모니카 소리인가 싶었으나 하모니카로는 이토록 풍부한 화음을 자아낼 수 없었다. 오르간 소리와 비슷한가 싶다가도 뭔가 달랐다.

아코디언인가? 뭐지? 대체 뭐야? 오랜만에 이는 음악적 호기심이 인혜의 발길을 끌었다. 갈색 벽돌로 쌓은 낮은 담장 안에는 아무도 없었다. 인혜는 교회 안으로 들어가 소리를 쫓아 외벽을 돌았다. 처음 듣는 악기 소리는 교회 내부 어딘가에서 울렸다. 창문으로는 악기도 연주자도 보이지 않았다. 어설픈 연주는 자주 끊겼다가 앞부분부터 다시 이어지기를 반복했는데 어쩐지 탱고 리듬과 흡사했다.

인혜는 탱고에 대해 아는 바가 거의 없었다. 남아메리카 어딘가에서 시작된 대중음악이라는 것 정도가 지식의 전부였다. 이 음악에 추는 춤 이름도 탱고라고 했지. 정열과 격정의 리듬 어쩌고 하던 말이 어렴풋이 떠올랐다.

그때, 인혜의 핸드폰이 요란하게 울렸다. 엄마였다. 인혜는 괜히 놀라 주위를 두리번거리며 전화를 받았다.

"인혜, 어디니?"

"운동 끝나고 집에 가는 중. 왜?"

"왜긴 너 연습실 태워다 주려고 일찍 왔지. 엄마랑 같이 가."

"안 그래도 되는데."

"너 연습실 보낸다는 핑계로 일찍 온 거야. 엄마도 좀 쉬자."

딸을 연습실에 데려다주는 게 쉬는 건가? 엄마도 참, 하며 전화를 끊고 교회 밖으로 걸음을 돌리는데 연주 소리가 들리지 않았다. 엿듣던 걸 들켰나 싶어 뜨끔했다. 도망치듯이 걸음을 재촉하는데 교회 입구 쪽에서 한 사람이 나타났다.

작은 키에 몸통이 각진 남자였다. 가로등 불빛을 등지고 있어 얼굴을 알아볼 수 없었다. 인혜는 안녕하세요, 하며 고개 숙여 인사했다. 남의 교회 담장 안까지 들어와 여기저기 기웃거렸으니 민망한 일이었다. 남자는 아무 말 없이 서 있기만 했는데 어째 분위기가 서로 들킨 느낌이었다.

가로등의 역광을 피해 남자의 얼굴을 본 인혜는 깜짝 놀랐다.

"대호?"

대호였다. 2학년 첼로 전공 동기 중 유일한 남학생.

"서인혜?"

인혜는 더듬거리며 물었다.

"너, 여기서 뭐 해?"

대호는 떨떠름한 얼굴로 대꾸했다.

"그냥."

"그냥?"

"아, 여기는 내가 다니는 교회야."

"일요일도 아닌데?"

대호는 어, 어, 하며 얼른 대답하지 못했다. 인혜는 짐작 가는 바를 대놓고 물었다.

"혹시 좀 전에 연주한 거 너야?"

대호는 난처한 얼굴로 눈만 껌벅였다.

"그 악기 뭐야?"

"……반도네온."

"반도레온?"

대호는 좀 더 분명한 발음으로 말했다.

"반도네온."

그런 악기도 있었나? 들어 본 것도 같았다. 봐도 되냐고, 어떻게 생긴 악기냐고 묻고 싶었지만, 집에서 기다리는 엄마가 걸렸다. 인혜는 음, 하는 소리를 내다가 입을 열었다.

"집에 가야 해."

대호는 고개를 끄덕이고는 교회 쪽으로 어깨를 살짝 돌렸다. 얼른 가 보라는 듯이. 인혜가 교회 밖으로 나가는데 뒤에서 대호의 목소리가 들렸다.

"저기, 있잖아."

인혜는 몸을 돌리고 대꾸했다.

"왜?"

"반도네온 얘기 말이야."

대호는 그렇게 말해 놓고 입을 다물었다. 반도네온 얘기라니. 그 악기 얘기를 우리가 하기나 했나? 인혜는 반도네온이 뭔지도 모르는데.

"응. 말해."

대호는 머뭇거리다 조금 작아진 목소리로 말했다.

"다른 사람들한테는 말하지 말아 달라고."

뭘 또 그렇게까지. 하긴, 2학년 2학기 말에 다른 악기 기웃거리는 게 어이없는 일이긴 하지. 어쨌든 어려울 거 하나 없는 부탁이었다. 인혜가 누구한테 말한단 말인가.

"알았어."

대호가 잘 가라는 듯 손 인사를 했다. 인혜도 가볍게 손을 흔들고는 집으로 향했다.

8

인혜는 엄마가 운전하는 차를 타고 시내의 연습실로 향했다. 거리는 가로등 불빛과 간판 불빛으로 훤했다. 뒷좌석에 앉아 무심한 눈길로 차창 밖을 쳐다보다가 인혜는 대호와 반도네온이라는 악기를 생각했다.

120명 정도 되는 2학년 음악과에는 서른 명 정도의 남학생이 있다. 대호는 도련님 스타일이 대부분인 음악과 남자애들과 분위기부터 달랐다. 다부진 체격에 작달막한 키, 몸집에 비해 손이 컸고 손바닥이 두툼했다. 예고에 다니는 남학생치고 외모에 무신경한 애들은 거의 없는데 대호는 머리 모양도 대충, 옷도 대충이었다.

대호는 느리고 무겁게 말하는 애였다. 여러 애들과 말을 섞기보다는 묵묵히 자기 할 일을 하는 편이랄까. 말수가 없는 평범한 애로 볼 수도 있지만 2학년 음악과 애들 중에는 대호를 은근히 대단하다고 여기는 애들도 적지 않았다. 작년에 있었던 대자보 사건 때문이었다.

대호는 1학년 2학기 초, 학교 게시판에 자신의 이름을 밝힌 대자보를 붙였다. 제목은 다음과 같았다.

이찬 예고의 몹쓸 전통을 훼파해야 한다

사전에서 찾아본 '훼파'라는 단어는 '헐어서 깨뜨린다.'라는 의미였다. 그 단어를 아는 애들은 많지 않았으나 무엇을 말하는지 알아차리지 못한 사람은 없었다. 대자보 맨 위에 큼지막하게 적힌 '몹쓸 전통'이라는 말 때문이었다. 대호가 지목한 전통이 무엇인지는 인혜도 잘 알았다. 입학하고 사흘 정도 지난 어느 날, 서먹한 기분으로 교실에 앉아 있는데 앞문이 열리고 음악과 2학년 선배들이 들어왔다. 선배들은 짧게 환영 인사를 한 뒤 칠판에 다음과 같은 문구를 적었다.

1. 선배님을 보면 "안녕하세요, 선배님." 하고 깍듯이 인사한다.
2. 3월 둘째 주 전공 시간이나 점심시간에 전공별 신고식을 위해 작은 공연을 준비한다.
3. 선배님들과 함께하는 연주 연습 뒷정리(의자 정리와 청소 등)는

1학년 후배들 몫이다.

4. 1학년 후배들은 동편 계단을 이용하지 않는다.

5. 1학년 후배들은 지정된 화장실을 사용한다.

1학년에게 배정된 화장실은 2학년 선배들이 쓰는 화장실의 절반 크기도 되지 않았다. 동편 계단은 매점으로 직행할 수 있는 지름길이었다.

교실에 들어온 2학년 선배들은 시종일관 웃는 낯으로 이야기했다. 환영의 말은 따뜻했다. 거들먹거리며 위압적으로 구는 분위기도 아니었다. 선배들은 예고 생활의 힘들고 어려운 점을 이야기해 주었고 응원과 격려의 말을 늘어놓기도 했다. 나갈 때는 "입학 축하해!" 하고 소리 높여 말하며 손을 팔랑거렸다. 잠시 뒤 들어온 담임 선생님도 칠판에 적힌 규칙들을 보고는 픽 웃을 뿐 이렇다 할 반응이 없었다.

부조리한 선후배 문화는 다른 과도 마찬가지였다. 연극 영화과 남자애들은 급식실에서 점심을 먹다가도 선배가 들어오면 벌떡 일어서서 "안녕하십니까, 선배님!" 하고 큰 소리로 인사했다. 성악과 신고식에서는 1학년 후배들이 피자, 치킨 같은 음식을 준비하고 무대에 올라 아이돌 군무를 추거나 짤막한 연극을 하기도 했다. 남학생에게 여장을 시키고 여학생에게 남장을 시켜 무대에 올린 뒤 즉석 인기투표를 하는 과도 있었다. 2학년과 3학년 선배들은 후배들의 공연을 보며 웃고 손뼉을 치며 치킨을 먹었다.

대호와 달리 인혜는 이런 것을 받아들이는 쪽이었다. 전통에는 이유가 있으려니 생각했다. 지정된 화장실을 이용하라는 것과 동편 계단 사용을 금지하는 건 좀 심하다 싶었지만 받아들이는 것 말고 다른 길이 있나 싶었다. 2학년이 되면 동편 계단을 이용하고 넓은 화장실을 쓸 수 있을 테니 억울할 일도 아니라고 생각했다. 예고 학생들은 받아들이고 감당하는 게 익숙한 아이들이었다. 뒤에서 투덜거릴 뿐 목소리를 내는 사람은 없었다. 그러나 대호는 아니었다.

대호의 대자보는 허가되지 않은 게시물이라는 이유로 바로 뜯겼다. 대호는 멈추지 않았다. 선생님을 찾아가 대자보 게시를 허가해 달라고 했고, 선생님들은 절차 문제를 들어 허락할 수 없다고 했다. 대호는 다음 날도 또 그다음 날도 비슷한 내용의 대자보를 같은 장소에 붙였다. 선생님들은 교칙에 따라 처벌이 내려질 수 있다고 했으나 대호는 아무래도 상관없어 보였다. 그리고 며칠 뒤 쉬는 시간에 학생회장이 대호를 찾아왔다. 1, 2, 3학년 학생회 임원이 모두 참석한 회의에서 화장실과 통로 사용 제한 규칙에 대해 함께 토론하고 임원들의 투표로 방침을 결정하자고 했다.

대호는 그 방식을 받아들였고 토론을 준비했으며 무기명 투표에서 졌다. 어떻게 그럴 수 있느냐고 화를 내는 친구들이 있었으나 이번에도 나서서 말하는 아이는 없었다. 대호의 투쟁은 거기 까지였다.

대호는 악보를 보고 노래를 부르는 시창과, 소리를 듣고 악보에 음을 옮겨 적는 청음에서 평균 이상의 실력을 보였다. 연주도 기본이 탄탄했다. 음정과 박자가 깔끔했고 자기 색깔을 가미한 음악을 하고 싶어 하는 모습도 비쳤다. 인혜는 대호의 첼로 연주가 조금 거슬렸다. 대호의 연주를 듣고 있으면 느긋하면서도 어딘가 살짝 뜨는 부푼 음색이 느껴져 한쪽 눈가가 찌푸려지곤 했다. 대호에게는 관현악보다는 재즈나 실용 음악이 더 어울리지 않을까, 인혜는 생각했다.

'그래서 반도네온이었나? 진로를 바꾸려고?'

그건 아닐 것 같았다. 진로를 바꿀 거라 보기에는 연주 실력이 초보 수준이었다. 고등학교 2학년 2학기에 그 정도 연주 실력으로 대학 입시에 승부를 거는 건 말도 안 되는 일이었다.

인혜는 핸드폰으로 반도네온을 검색했다. 화면에 낯선 악기가 떴다. 진한 고동색에 직육면체 모양의 단단한 외관이 눈길을 끌었다. 골동품 가구 같기도 하고 마법 상자 같기도 했다. 가운데 자리한 풀무의 양쪽 틀에는 하얀 단추 같은 버튼들이 수두룩했다. 낯선 형태에 호기심이 일었다. 인혜는 반도네온 연주 영상을 검색했다. 검색어 아래로 반도네온 재즈, 반도네온 탱고, 반도네온 피아졸라 같은 연관 검색어들이 떴다. 귀에 이어폰을 꽂고 조회수가 가장 높은 연주 동영상을 재생하려는데 운전석에서 엄마 목소리가 들렸다.

"뭐 하니?"

룸 미러에 엄마의 눈이 비쳤다.

"그냥. 이것저것."

인혜는 자기도 모르게 핸드폰을 내렸다. 반도네온을 알아보는 게 나쁜 일이 아닌데도 어쩐지 잘못한 것 같은 기분이 들었다.

"요즘 연습은 잘돼? 별일 없어?"

"그냥 하는 거지 뭐."

"정단아 선생님이랑 레슨은 어때?"

"좋아."

"좋아?"

"응. 좋아."

"그나저나 새로운 레슨 선생님을 구해야 할 텐데. 학원도 아예 문 닫는다고 하시더라."

"그러게."

심드렁하게 대꾸했으나 마음은 아팠다.

정단아 선생님은 곧 첼로 학원을 정리하고 내년 초에 호주로 이민을 간다고 했다. 레슨을 받으러 학원에 가면 이사 준비로 어수선했다. 며칠 내로 짐을 빼고 나면 학원은 문을 닫겠지만 정단아 선생님은 출국 전까지 인혜의 레슨을 계속하겠다고 했다. 내년에는 다른 레슨 선생님과 함께해야 했다.

정단아 선생님과 헤어지는 건 인혜에게 또 다른 타격이었다. 중학교 3학년 2학기부터 지금까지 함께한 정단아 선생님은 인혜의 든든한 버팀목이었다. 선생님은 인품도 실력도 존경스러웠다. 낭패감과 좌절의 늪에서 허우적거리던 인혜에게 길을 보여 주고 실력을 끌어올려 준 분이었다.

엄마가 운전대를 천천히 돌리며 깊은 한숨을 내쉬었다. 옆얼굴이 어둡고 피곤해 보였다. 엄마는 뭐가 고민인 걸까. 혹시 돈 문제일까. 레슨비도 만만치 않고 악기 관리하는 비용도 만만치 않았다. 숙희 국수 분점을 정리하는 과정에서 예상치 못한 지출이 생겼을지도 몰랐다. 돈 문제를 생각하면 아빠와 엄마에게 죄책감이 들었다. 인혜는 엄마의 옆얼굴을 곁눈질로 살폈다. 혹시 실기 시험에 대한 소문을 들은 건 아닐까. 소문이 애들 사이에서만 빠른 건 아닐 터였다.

인혜의 실기시험 평가가 공정하지 않았다는 말이 도는 걸 엄마가 안다면 어떻게 될까. 엄마가 아는 건 그나마 안전했다. 문제는 아빠였다. 아빠가 알게 되면 문제가 커질 것이다. 아빠는 힘들어할 테고 잠을 이루지 못할 것이다. 학교에 찾아갈 수도 있다. 선생님에게 항의하거나 정식으로 민원을 넣을 수 있다. 그러면 생각지 못한 문제가 터질 수도 있고 그건 인혜에게 좋지 않을 게 분명하다. 이 세계에서 평판은 중요하니까.

레슨부터가 평판의 시작이었다. 선생님과 학생의 일대일 관계로 이루어지는 레슨은 음악 하는 아이들이라면 반드시 해야 하는 필수 코스였다. 레슨 선생님이 학생에게 미치는 영향은 절대적이었다. 학원이나 과외 선생님처럼 짧게 배우고 마는 관계가 아니었다. 영향력 있는 레슨 선생님들은 콩쿠르에서 심사를 맡기도 해서 학생들은 레슨 선생님 앞에서 조심스러울 수밖에 없었다. 레슨 받는 학생에게 선생님은 하늘처럼 높은 존재였다.

이런 분위기는 대학 입학 뒤에도 이어졌는데 이따금 사회 문제로 언론에 오르내렸다. 여러 해 전에는 수업 중에 학생의 뺨을 때리고 수시로 금품을 받은 일로 파면당한 음대 교수도 있었다. 교수 마음대로 레슨 시간을 바꿔 교양 과목 수업을 빠지거나 교수의 연주회 티켓을 억지로 여러 장 사야 하기도 했다. 그런 일들에 비추어 보면 인혜의 실기시험 소문은 사소해 보였다.

그렇다고 모든 레슨 선생님과 학교 전체가, 기함할 만큼 불합리한 지경인 것은 아니었다. 좋은 선생님도 많았고 예술을 추구하는 학교다운 근사한 문화도 적지 않았다. 그러나 문제는 문제였다. 음악계의 고질적인 문제를 생각하면 겁이 나고 가슴이 답답해지곤 했다. 음악을 좋아하는 것과 무관하게, 언젠가는 인혜도 이런 현실을 마주하게 될 것이었다. 어쩌면 엄정현 선생님과의 문제는 인혜가 맞닥뜨린 첫 번째 벽일지도 몰랐다.

인혜는 차창 밖을 바라보며 생각했다. 나는 어떻게 살아가야 할까. 열심히 하고는 있지만 미래는 불투명했다. 좁디좁은 취업 문을 떠올리면 답이 있기는 한가 싶었다. 인혜는 프로 연주자로 살고 싶었다. 그러려면 유학도 고려해야 했다.

첼로가 나에게 그렇게 대단한가.

나는 첼로를 좋아하기나 하나.

첼로가 아니면 안 된다는 마음으로 지난 몇 년을 달려왔으나 인혜가 앞으로 살아가야 할 시간은 수십 년이다. 길이 아니라면 지금이라도 방향을 바꾸는 게 낫지 않을까. 인혜는 천재도 아니고 실력이 대단히 출중한 것도 아니다. 그렇다고 집에 돈이 많은 것도 아니다. 이미 인혜는 집에서 가장 많은 돈을 쓰는 사람이었다. 음악이 좋다는 이유 하나로 제 욕심만 차리는 것 같아서 아빠와 엄마, 동우에게 미안했다.

인혜는 차창을 내려 바람을 맞았다. 바람을 타고 찬 기운이 얼굴과 머리칼 안쪽으로 파고들었다. 그렇게라도 정신을 가다듬어야 했다. 시간을 타고 밀려오는 현실은 인혜의 사정을 봐주는 법이 없었다. 이제 곧 고3이 될 터였다. 이제 와서 첼로를 놓을 수는 없었다. 대학은 가고 봐야 하니까.

"안 추워?"

앞자리에서 들려온 엄마의 물음에 인혜는 퍼뜩 정신을 차렸다. 아닌 게 아니라 몸이 으슬으슬 떨렸다. 몸살 기운이 있나 싶어 걱정스러웠다. 인혜가 차창을 올리는 것과 동시에 핸드폰이 울렸다. 2학년 음악과 채팅방이었다. 흘끗 내려다보니 '마왕'이라는 단어가 걸렸다.

'마왕? 엄정현?'

인혜는 채팅방에 들어갔다. 실시간으로 올라온 메시지의 첫 문장은 '우린 죽었다.'였다. 짧은 순간에도 아이들의 엄살 섞인 말들이 주르륵 올라왔다.

진짜?

정말?

거짓말이지? 제발 거짓말이라고 해 줘.

그 선생님 완전 사이코패스래.

그 선생님한테 레슨받는 애들은 정신 상태가 걸레가 된다던데? 정신과 치료받은 애도 있대.

우리보고 뭘 더 어쩌라고.

악기 그만둘까?

대학은 어쩌고?

가긴 가야지.

야야, 좀만 참아. 오케스트라 연습이래 봐야 끽해야 일주일에 두 번이 전부야.

이게 뭐야?

인혜는 손가락 끝으로 화면을 밀어 올려 채팅이 시작된 첫 문장을 찾았다.

야야, 긴급, 긴급. 내년 정기 연주회 지휘자로 마왕이 온대. 엄정현 말이야.

9

오케스트라 수업은 1, 2학년 관현악 전공 학생들이 함께한다. 80명이 넘는 학생들이 각자 자기 악기를 가지고 모여들었다. 바이올린, 비올라, 첼로, 콘트라베이스, 트롬본, 트럼펫, 호른, 바순, 클라리넷, 플루트, 오보에……. 생김새도 다르고 소리도 다른 악기를 든 학생들이 관현악실로 입장했다. 인혜도 아이들 무리에 섞여 관현악실로 들어섰다.

인혜는 어제 정단아 선생님이 한 말을 되새기려 노력했다. 선생님은 레슨을 시작하면서 실기시험 성적 때문에 마음이 많이 상했느냐고 물어보았다. 아무래도 그렇죠, 하고 대답하자 선생님은 타이르듯이 말했다.

"지나갈 일이야. 앞일은 모르는 거고."

정단아 선생님과 함께하게 된 건 엄정현 선생님의 레슨을 그만둔 직후였다. 그때 인혜의 몸무게는 정상 체중에서 10킬로그램이 부족했다. 할머니는 아빠와 엄마에게 당분간 인혜를 데리고 있겠다며 학교에 체험 학습을 신청하라고 했다. 아빠와 할머니 사이가 틀어지기 전의 일이었다.

오랜만에 할머니 집에 온 인혜는 내리 이틀을 잤다. 할머니는 인혜를 먹이고 재우고 먹이고 또 재웠다. 완전히 지쳐 버렸던 인혜는 할머니의 돌봄을 순순히 받아들였다. 먹으라면 먹고 자라면 잤다. 소파에 멍하니 앉아 텔레비전을 쳐다보다가 옆으로 쓰러져 또 잤다. 며칠 만에 꺼칠했던 피부에 윤기가 돌고 뺨이 오동통해졌다.

할머니는 인혜를 거실에 앉혀 두고 낮은 소리로 물었다.

"첼로 계속할 거야?"

인혜는 독기 어린 눈으로 허공을 쏘아보았다. 할머니의 돌봄을 받으며 마음이 회복되자 엄정현 선생님을 향한 원망과 분노가 날 선 감정으로 솟아올랐다. 3년간 엄정현 선생님에게서 받은 상처는 깊고 넓었다. 인혜를 무시하고, 자기 방식대로 길들이고, 조롱하고, 부끄럽게 만들었던 모든 일이 인혜의 영혼에 들러붙은 듯했다. 아주 오랫동안 미워하게 될 것 같았고, 지고 싶지 않았다.

할머니가 다시 물었다.

"첼로 계속할 거야?"

"응."

대답은 단호했다.

"너 천재 아냐. 알지?"

"알아."

"이 바닥이 어떤지도 알지?"

인혜는 고개를 끄덕였다. 눈을 내리깔고 마주 잡은 손을 매만졌다. 손가락 끝에 개구리 발가락처럼 잡힌 굳은살이 말랑해진 것 같았다. 이런 걸로 초조한 기분을 느끼는 자신이 우스웠다.

할머니가 말했다.

"정말 계속할 거야?"

인혜는 고개를 들고 대답했다.

"네."

할머니는 한 손으로 얼굴을 감싸고 깊은 한숨을 내쉬었다.

"피는 못 속이는 건가."

그게 무슨 말이냐고 묻자, 할머니는 말했다.

"너희 아빠 성질머리가 너한테 호로록 쏟아져 들어갔잖니. 아들놈 하나도 감당이 안 되는데 너까지 만만한 애가 아니네."

인혜는 그 말에 크게 웃고 말았다. 웃고 나니 마음을 움켜쥔 검은 감정이 옅어지는 듯했다. 인혜는 큭큭거리며 일부러 더 웃었다. 할머니는 인혜를 어이없다는 얼굴로 쳐다보다가 흐리게 미소 지으며 말했다.

"그래서 마음에 들기도 해."

이튿날, 할머니는 악기사 할아버지에게 소개받았다며 인혜를 데리고 시내의 한 첼로 학원에 갔다. 강사 두 명이 운영하는 작은 학원이었다. 인혜는 그곳에서 정단아 선생님을 만났다.

바닥에 와인색 카펫이 깔린 첼로 학원에는 선생님과 인혜와 할머니뿐이었다. 둘째 아이가 초등학교 6학년이라는 정단아 선생님은 인혜를 물끄러미 바라보더니 대뜸 저녁에 열리는 연주회에 같이 가자고 했다. 인혜와 정단아 선생님은 문화예술회관 식당에서 파스타를 먹고 커피를 마시고 산책을 했다. 연주회가 끝난 뒤 선생님은 인혜를 자기 차에 태워 할머니 집에 데려다주었고 내일 학원에 다시 오라고 했다.

다음 날, 첼로 학원에서 정단아 선생님은 인혜에게 연주를 해보라고 했다. 머뭇거리는 인혜에게 정단아 선생님은 나지막한 목소리로 말했다. 쉬워도 상관없으니 가장 좋아하는 곡을 연주해보라고. 그날 인혜는 바흐의 〈무반주 첼로 모음곡〉 1번 G장조의 프렐류드를 연주했다. 할머니가 좋아해서 인혜도 좋아하게 된 곡이었다.

연주를 시작하려는데 마음이 푸근했다. 그간 인혜를 돌보면서 속을 태운 할머니의 모습이 위로가 됐기 때문일까. 정단아 선생님의 편안한 인상과 옷깃에서 풍기는 나무 냄새 같은 향수 때문일까. 그날의 연주는 인혜 자신도 만족스러웠다.

틀리거나 어긋난 게 하나도 없어서가 아니라 연주 자체가 좋았다. 현에 활을 긋는데 마음속에 수많은 동그라미가 그려지는 것 같았다. 언젠가 느꼈으나 한동안 잊고 지냈던 그리운 기쁨이 인혜의 가슴에 잔잔히 차올랐다. 연주가 끝난 뒤, 정단아 선생님은 입가에 옅은 미소를 띠우며 입을 열었다.

"넌 음악을 해야 하는 사람이구나."

그 말에 인혜는 울음을 터트리고 말았다.

정단아 선생님의 레슨은 자기 이름 같았다. 단정하면서도 기품 있고 친절했다. 인혜의 부족한 부분을 정확히 짚어 주면서도 비난하지 않았다. 정단아 선생님은 인혜가 콩쿠르에 나갈 때 자기 악기를 빌려주기도 했는데 그건 연주자가 제 몸을 내어 준 거나 다름없는 일이었다.

어제 레슨 때 인혜는 정단아 선생님에게 조심스레 물었다.

"혹시, 엄정현 선생님을 잘 아세요?"

정단아 선생님은 엄정현 선생님과 같은 음대 출신이었다. 둘 다 첼로 전공이니 어느 정도 아는 사이일 것 같았다.

"엄정현? 정현 선배?"

엄정현 선생님이 정단아 선생님에게 선배로 불리는 사람이라니, 소름이 돋았다.

"아주 모르는 사이는 아니지. 이 바닥은 좁으니까."

정단아 선생님은 거기까지만 말하고 다음 곡으로 넘어가려 했지만 인혜는 머뭇거리며 선생님의 시선을 끌었다. 선생님은 어쩔 수 없다는 듯이 인혜를 쳐다보며 물었다.

"왜? 무슨 일 있어?"

"선생님, 그날 제 연주 어땠어요? 실기시험 날요."

정단아 선생님은 눈길을 내리고 입가를 올리며 쓸쓸하게 웃었다. 실기시험 심사 위원석에는 지금 인혜의 레슨 선생님인 정단아 선생님도 있었다. 선생님이라면 분명 아는 게 있겠으나 직접 물어보는 건 아무래도 조심스러웠다.

"그게 궁금해? 5등이라서?"

인혜는 기어 들어가는 목소리로 "네." 하고 말했다.

"평소 실력은 아니었지만 나쁘진 않았어. 너 할머니 일 있고 힘들어했잖아. 그런 상황 생각하면 해내느라 애썼다는 말 정도로 평가할 수 있어. 등수에 너무 마음 쓰지 마."

"저는 제 실력을 잘 모르겠어요."

"다들 그래. 자기 연주에 대한 확신은 드물게 찾아오니까. 왜, 5등이어서 억울해?"

"혹시나 싶어서요."

정단아 선생님은 인혜의 얼굴을 마주 보며 물었다.

"그게 무슨 소리야?"

인혜는 어렵게 이야기를 꺼냈다.

"엄정현 선생님이 제게 일부러 낮은 점수를 준 게 아닐까 싶어서요."

"뭐?"

잠시 벙찐 얼굴로 인혜를 쳐다보던 정단아 선생님은 웃음을 터트렸다. 깔깔거리는 소녀 같은 목소리로. 인혜는 어리둥절한 얼굴로 선생님을 보았다. 선생님은 남은 웃음을 미소로 돌리고 인혜를 다독이듯이 말했다.

"정현 선배는 그럴 사람이 아니야."

선생님의 말은 직접 목격한 사실을 진술하듯 담백했다.

"어떻게 아세요?"

정단아 선생님은 잠시 쓸쓸한 표정을 지었다가 평소처럼 웃는 얼굴로 말했다.

"그럴 사람이 아니라는 것만 알면 돼."

선생님은 아무 일도 아니라는 듯 레슨으로 넘어갔다. 인혜는 더 물을 수 없었다. 따뜻한 분이기는 해도 선생님은 선생님이었다. 몸가짐을 갖춰야 했고 말 또한 조심해야 했다. 무엇보다 다정하면서도 단호하게 매듭짓는 선생님의 말에는 더 궁금해할 필요 없다는 충고가 담겨 있었다. 인혜는 그것을 감지하지 못할 만큼 어리지 않았다.

선생님이 엄정현 선생님을 감싸듯이 말해서 서운했다. 정단아 선생님이라면 엄정현 선생님에 대해 이야기하면서 쓸쓸해할 줄 알았다. 네가 힘들었던 걸 안다며 엄정현 선생님과 관련된 어처구니없는 일화를 들려줄 것 같았다. 그러나 선생님의 반응은 그게 아니었다. 엄정현 선생님을 안타까워하고 이해하는 듯한 분위기여서 조금은 혼란스러웠다.

관현악실로 들어온 인혜는 첼로 파트 자리를 향해 걸어갔다. 20일 전 실기시험을 치른 곳이다. 자리 배치는 늘 그렇듯 실기 성적순이다. 5등 자리를 향해 걸어가는데 자신을 쳐다보는 시선이 느껴지는 것 같다. 인혜는 아무렇지 않은 척 표정을 굳히고 자리에 앉았다.

이번 실기시험 1등은 누구일까. 또 연수일까. 첼로 수석 자리 옆에는 세은이 앉아 활에 송진을 바르고 있었다. 2등이라는 의미다. 2등은 수석의 악보를 넘겨 주는 일도 하게 된다. 세은이 2등을 한 건 의외였다. 세은과 세영은 쌍둥이였는데 둘 다 실력은 엇비슷했고 대단할 게 없었다. 인혜가 가늠한 세은과 세영의 실력은 첼로 다섯 명 중 4등과 5등 수준이었으나 집에 돈이 많았다. 콩쿠르 때 들고 가는 둘의 첼로 가격은 각각 1억 원이 넘는다고 들었다.

1등과 3등, 4등 자리가 비었다. 아직 오지 않은 사람은 세영과 연수와 대호. 4등 자리는 아마도 대호일 것이다. 모든 시간을 쏟아부어도 모자랄 연습 시간에 첼로가 아닌 다른 악기를 연주하고 있으니 실기 성적이 좋을 리 없겠지. 주위를 둘러보는데 앞문이 열리고 세영이 들어왔다. 세영은 상쾌한 표정으로 걸어 들어와 냉큼 1등 자리에 앉았다.

세영이 1등이라고? 그럼 연수는? 설마 연수가 3등? 세영 뒤로 들어온 건 대호였다. 대호는 인혜를 향해 가볍게 눈인사를 하고는 3등 자리에 앉았다. 인혜는 당황하지 않을 수 없었다. 대호가 잘못 앉은 게 아니라면 연수가 4등이라는 말이었다.

연수가 4등이라니. 다른 전공 애들도 첼로 자리를 쳐다보며 수군거렸다. 그럴 법했다. 연수는 다른 전공 아이들도 아는 첼로 탑이었으니까. 그때, 앞문이 열리고 엄정현 선생님이 등장했다. 악기 세팅하는 소리로 부산하던 관현악실의 공기가 순식간에 얼어붙었다.

짧게 친 단발머리에 빨간 테 안경. 화려한 무늬가 수 놓인 재킷에 발목까지 내려오는 주름 원피스. 단번에 주목을 끄는 옷차림이었다. 악보를 들고 들어온 엄정현 선생님은 포디움에 서서 애들에게는 관심 없다는 듯 눈길도 주지 않았다. 적막한 관현악실에 엄정현 선생님이 척, 척, 악보 넘기는 소리만 울렸다.

마왕의 레슨을 견딘 학생 중 상위권 음대에 진학하지 못한 학생은 없다고 했다. 마왕이 이찬 예고 재단 이사장의 친척이라는 소문도, 음대 입시에 영향력을 행사한다는 소문도 있었다. 마왕과 관련된 소문이 어디까지 사실인지는 알 수 없지만 일부만 사실이라 해도 아이들은 마왕 앞에서 움츠러들 수밖에 없었다. 턱

끝을 치켜든 마왕에게 대들 수 있는 학생이나 부모님은 없을 것이었다.

엄정현 선생님이 지배하는 공간에 학생으로 앉아 있다는 사실에 모멸감이 들었다. 인혜는 허리를 꼿꼿이 세우고 고개를 쳐들었다. 어젯밤부터 수없이 상상하고 연습한 태도였다. 엄정현 선생님의 시선이 인혜에게 닿으면 빳빳하게 맞받아칠 작정이었다. 엄정현 선생님과 눈싸움을 하게 되더라도, 인혜에게 어디에서 배운 버르장머리냐고 소리쳐도, 표정 하나 고치지 않고 앉아 있을 작정이었다. 그러나 엄정현 선생님은 인혜에게 눈길을 주지 않았다. 인혜의 존재를 감지하고도 모르는 척하는 것인지, 정말로 보지 못한 것인지, 아니면 신경조차 쓰지 않는 것인지 알 수가 없었다.

엄정현 선생님이 바이올린 쪽으로 손가락을 까닥거리자 바이올린 수석이 앞으로 나왔다. 엄정현 선생님은 출석부를 건네며 말했다.

"출석 불러."

머리를 뒤로 묶은 바이올린 수석이 한 명 한 명 이름을 불렀다. 호명된 학생은 손을 들어 네, 하고 대답했다. 출석을 확인하는 동안 엄정현 선생님은 관현악실에 처음 온 사람처럼 주위를 둘러보며 천천히 걸었는데 인혜 쪽으로는 가까이 오지 않았다. 의도한 것인지 아니면 우연인지 알 수 없어서 인혜는 되레 좌불안석이었다.

1학년부터 시작된 출석 확인은 2학년으로 올라왔고 바이올린을 지나 첼로로 건너왔다. 대호의 출석을 확인한 바이올린 수석이 서인혜, 라고 이름을 불렀다. 인혜는 "네." 하고 대답하며 엄정현 선생님을 힐끔 쳐다봤다. 이번에도 엄정현 선생님은 아무런 반응이 없었다.

　"이세영."

　"네."

　"이세은."

　"네."

　"정연수."

　아무도 대답하지 않았다. 연수는 여전히 자리에 없었으니까. 바이올린 수석은 어찌할 바를 몰라 하며 첼로 수석인 세영을 향해 입 모양으로 '안 왔어?'라고 물었다. 정적을 깬 건 엄정현 선생님이었다.

　"정연수, 결석이지? 다음 불러."

　인혜는 눈을 빠르게 깜박였다. 연수의 이름을 내뱉는 엄정현 선생님의 말투에서 어떤 기시감이 들었다. 기시감이 과거를 소환한 건 순간이었다. 레슨 중에 인혜를 책망할 때 내뱉곤 하던, 죄책감 들게 만들던, 겁먹게 했던, 인혜가 마음에 들지 않을 때 꺼내던 바로 그 말투였다. 연수의 빈자리를 훑고 지나가는 엄정현 선생님의 시선에도 분명 감정이 섞여 있었다. 어떤 직감이 인혜의 가슴을 찌르고 지나갔다.

엄정현 선생님에게 연수는 모르는 사람이 아니다.

문득 며칠 전 아침 연습실에서 연수가 연주한 곡이 떠올랐다. 〈재클린의 눈물〉. 그건 엄정현 선생님이 인혜에게 무수히 연습시켰던 곡이다.

엄정현 선생님을 뚫어져라 바라보며 인혜는 확신에 가까운 짐작을 이어갔다. 연수는 4등. 나는 5등. 연수와 나는 같은 처지일지도 모른다. 엄정현 선생님이 싫어하는 학생은 인혜 하나가 아닐지도 모른다. 연수도 엄정현 선생님에게서 레슨을 받은 적이 있을 것이다. 엄정현 선생님은 나를 밀어냈듯 연수도 밀어냈을 것이다.

출석을 다 확인하자 엄정현 선생님이 악보책을 덮으며 말했다.

"어디, 실력들 좀 볼까?"

관현악실에 악기 달그락거리는 소리가 울렸다. 인혜는 활을 집어 들며 산란했던 정신을 가다듬었다. 불확실한 직감을 확인할 방법은 하나였다.

연수를 만나야 했다.

10

오케스트라 수업은 살벌했다. 엄정현 선생님은 몇몇 아이들을 지목해 그 자리에서 연주 실력을 평가했다.

"너 해 봐."

"그만. 너."

"됐고, 너."

"정말 그거야? 다음은 너."

"첼로로 농담이 가능한 줄은 몰랐네."

혹평을 피한 아이는 없었다. 트럼펫을 잡은 아이는 한 소절을 끝내지도 못한 채 연주를 멈추어야 했다. 엄정현 선생님이 지휘봉으로 보면대를 탁탁탁 치며 "그만! 도저히 들어 줄 수가 없잖아!"라고 소리쳤기 때문에.

엄정현 선생님은 아이들에게 "음악이 뭐라고 생각해? 우리는 뭐라고 생각해?"라는 질문을 던지고는 어떤 대답이 나오건 피식거리는 것으로 응대했다. 엄정현 선생님에게 우리가 내놓은 대답은 모조리 오답이었다.

"우리는 음악의 신을 예배하는 사람들이야. 저기 어디에, 눈에 보이지 않는 세상 어딘가에 감히 범접할 수조차 없는 고귀하고 영광스러운 음악의 원형이 있는 거다. 우리의 연주는 그림자일 뿐이야. 최대한 원형에 근접해야 해. 그 영광에 조금이라도 더 가까이 다가서기 위해 우리는 머리를 조아리고 찬양하는 거다. 연주로, 연습으로, 실력으로!"

오케스트라 수업을 마치고 나오는데 오보에를 들고 가던 남자애가 중얼거렸다.

"사이코패스."

애들은 충격받았다는 둥, 마왕이 괜히 마왕이 아니라는 둥, 자기 혼자만 예술 하냐는 둥, 음악을 섬기는 사이비 종교 교주냐는 둥 투덜거렸다. 인혜는 아니었다. 표현이 거칠긴 했으나 엄정현 선생님의 말은 맞는 구석이 있었다.

인혜가 듣기에도 아이들의 연주는 평범하거나 수준 미달이었다. 최상위권 예고로 이름을 날리는 이찬 예고인데도 오케스트라 연주는 한심할 정도였다. 트럼펫 연주를 도저히 들어 줄 수가 없다는 지적이 인혜는 솔직히 시원했다. 인혜 역시 그 애 연주를 잠자코 듣기 힘들었으니까.

음악의 신, 예배, 찬양 같은 말에도 인혜는 공감하는 편이었다. 연주에 깊이 빠져들 때면 자신이 눈에 보이지 않는 세상 어느 곳에 있는 듯한 느낌을 받기도 했다. 신들린 듯 연주한다는 말이 무엇인지 알 수 있었다. 그런 날이면 어떤 비난도 어떤 비교도 아무런 상관이 없었다. 음악만으로 충만해지는 축복 같은 순간을 경험하고 나면 나른한 만족감과 함께 고요한 평안이 찾아들었다. 연주는 단순히 소리를 잘 내고 악기를 정확히 사용하는 것 이상의 어떤 무엇이었다.

애들은 무섭다고 했지만 인혜에게 오늘 엄정현 선생님은 다소 싱거웠다. 직설적이고 냉소적인 말투, 비웃음과 실소는 2년 전과 비슷했으나 그때보다 확실히 밍밍했다. 예전이라면 어설픈 연주에 더 섬뜩한 독설과 모욕을 꽂아 넣었을 것이다. 그러나 오늘 엄정현 선생님은 달랐다. 참는 것 같았고 답답해하는 것 같았다. 도저히 들어 줄 수가 없다는 말은 비난이라기보다는 평가에 가까웠다.

변한 건가? 마왕이?

인혜는 고개를 도리질했다. 설마 그럴 리가. 다른 사람도 아닌 마왕이 변했을 리 없다. 개인 레슨을 하던 거실이 아니라 학교라서 다른 태도였던 거겠지. 그렇게 생각해 버리려 했으나 이상한 건 그것만이 아니었다. 엄정현 선생님은 첼로를 켜는 인혜를 유심히 바라보다가 인혜와 눈이 마주칠 것 같으면 눈길을 돌리곤 했다. 인혜는 자신의 연주가 어떻게 들렸을지 신경 쓰였다. 더 잘하고 싶어 하는 스스로가 어처구니없었다. 그렇게 당하고도 엄정현 선생님에게서 좋은 평가를 받고 싶어 하다니.

공원묘지로 가는 길에 쌀쌀한 바람이 불었다. 점점 밤이 더 빨리 오는 듯했다. 바람에 날리던 마른 단풍잎이 인혜의 운동화를 스쳤다. 번잡한 마음으로 버거운 하루였다. 오늘 하루를 접고 접어 점이 될 때까지 접어 버리고 싶었다.

인혜는 다리를 건너 어둑해지는 산자락을 올랐다. 노을이 꺼져 가는 풍경 아래로 불을 켠 빌딩과 아파트가 보였다. 빌라 단지를 지나고 교회 쪽 길로 들어서는데 가로등 아래 서 있는 익숙한 누군가가 눈에 들어왔다.

"어디 가냐?"

대호였다. 인혜를 기다린 것 같아서 무슨 일인가 싶었다. 인혜는 서너 걸음 앞에 멈춰 서서 말했다.

"나 기다렸어?"

"기다린 걸로 할까?"

"뭐래."

"할머니한테 가는 길이야?"

인혜는 대호를 쳐다보았다. 대호가 담담한 목소리로 말했다.

"나 너희 할머니 알아."

인혜는 눈썹 사이를 좁히며 물었다.

"어떻게?"

"같은 교회 다녔어."

"여기를 다니셨다고? 우리 할머니가?"

"아니, 여기는 새로 옮긴 교회야. 너희 할머니랑 다녔던 교회는 여기서 멀어."

"언제부터?"

"글쎄. 한 1년 반쯤?"

인혜의 눈이 커졌다. 교회? 할머니가 교회를 다녔다고? 인혜는 전혀 모르는 일이었다. 할머니에게 종교가 있었나? 인혜가 아는 할머니는 신을 믿지 않았다. 신이 있으면 있는 거고 없으면 말고 하는 식이었다. 그런 할머니가 교회를 다녔다니. 그리고 그 사실을 다른 사람에게서 듣다니.

"성가대 하셨어."

"성가대?"

대호는 조용히 웃으며 고개를 끄덕였다. 성가대를 하셨다는 건 수긍이 갔다. 할머니는 음감이 뛰어났다. 모르는 곡도 악보만 보고 그 자리에서 정확한 음정으로 노래할 수 있었다.

"대호 너도 성가대였어?"

"난 첼로 반주만 했어. 여기 근처 사나 봐?"

인혜는 산자락 아래의 아파트 단지를 가리켰다.

"넌?"

"난 멀어."

"근데 왜 여기 교회를 다녀?"

"교회가 깨졌어."

깨졌다는 건 분란이 일어났다는 의미인 듯했다.

"왜?"

"담임 목사님한테 복잡한 문제가 있었거든. 말싸움도 하고 몸싸움도 하고 그랬어. 결국 못 견딘 사람들이 여기에 새 교회를 지은 거야. 얼마 안 됐어."

"여기를 매일 오는 거야?"

"아니. 이따금."

"왜?"

"연습하러."

"연습?"

"기도하고 첼로 연습한다고 하니까 엄마가 좋아했어. 아빠도 그러라고 했고."

대호는 이를 드러내고 웃었다. 인혜는 대호의 마음을 알 것 같았다. 아마도 탈출구와 해방의 공간이 필요했겠지.

"땡땡이고만."

그런 셈이지, 라고 대답하며 히죽 웃던 대호가 눈을 동그랗게 떴다.

"말을 잘하네?"

무어라 받아치려다 인혜는 실소하고 말았다. 2년을 보아 온 사이지만 서로 제대로 말을 섞은 적이 없었다. 1학년 때도, 2학년 때도 다른 반이었고 첼로 전공 수업 때도 특별한 이유 없이 서로 데면데면했다.

대호는 쓸쓸한 목소리로 말했다.

"너희 할머니 좋은 분이셨어."

묵직하고 쓰린 무언가가 가슴을 문대고 지나갔다. 인혜는 머뭇거리다가 입을 열었다.

"할머니는 교회에서 어떠셨어?"

"잘 지내셨지. 친구도 많았어."

"근데 왜 나한테 우리 할머니 안다고 얘기 안 했어? 우리가 같은 예고인 걸 아셨으면 내 얘기도 하셨을 거 같은데."

대호는 운동화 코로 콘크리트 도로를 콕콕 찍으며 말했다.

"안 하셨어. 네가 손녀라는 건 장례식장에서 알았고."

눈길이 떨어졌다. 가슴이 아팠다. 할머니는 왜 내 얘기를 하지 않았을까. 이유가 대체 뭘까. 장례식 때 첼로 전공 애들이 선생님과 함께 조문 온 기억이 났다. 그때 연수가 없어서 괜스레 야속했던 기억도 함께.

교회에서 할머니가 어땠는지 더 알고 싶었지만 이 자리에서 할머니 이야기를 자세히 듣기는 어려울 것 같았다. 무슨 말을 꺼낼까 하는데 문득 반도네온이 떠올랐다.

"반도네온 보여 줘."

"반도네온?"

대호는 눈을 끔벅였다.

"갑자기?"

"저번부터 궁금했으니까, 나한테는 갑자기가 아니지."

대호는 난감한 듯 미간을 좁혔다.

"그게 궁금해? 왜?"

"그냥 궁금해. 싫어?"

인혜는 고집스레 버티고 서서 대호를 쳐다보았다. 대호는 난감한 표정을 지었으나 이내 알았다는 듯 얼굴을 풀었다.

"교회로 가야 해."

"그래, 그럼."

인혜는 앞장서라는 눈짓을 보냈다. 대호가 몸을 돌렸고 인혜는 대호를 따라 교회 쪽으로 갔다. 대호는 마치 교실에 들어가는 것처럼 자연스럽게 교회 안으로 들어갔다. 새로 지은 교회여서일까, 외관과 실내 장식이 엄숙하기보다는 편안하고 깔끔했다.

인혜가 물었다.

"아무도 없어?"

"아냐. 몇 분 계셔. 목사님도 계시고."

대호는 묻지도 않은 말을 주워섬겼다.

"지하에 모임 공간이 여럿 있어. 세미나 같은 게 열리는. 1층에는 목사님 서재가 있어서 늘 거기 계시고. 2층에 본당이 있는데 나름 괜찮아."

안내하듯이 말하는 모습이 손님을 맞는 분위기였다. 교회를 꽤 좋아하는 모양이었다. 수줍어하는 기색은 의외였다. 얘가 이런 면도 있구나, 하는 생각이 들 정도로.

대호는 인혜를 성가대 연습실로 이끌었다. 교실 절반 정도 되는 크기의 공간에는 첼로와 피아노가 있었고 보면대와 긴 의자들이 나란히 놓여 있었다. 지휘자가 서는 단상과 성가대 가운이 걸린 옷걸이도 보였다. 동그란 금테 안경을 콧등에 걸치고 노래에 집중하는 할머니 얼굴이 어렵지 않게 그려졌다. 치렁치렁한 성가대 가운을 입고 고음을 매끄럽게 처리하기 위해 자신의 노래에 집중하는 할머니가.

"할머니는 성가대에서 어떠셨어?"

"독창 파트 자주 맡으셨어. 성악 발성도 금세 익히셨어. 솔직히 우리 교회 성가대 실력이 그냥 그래. 근데 너희 할머니는 음정이 정확했어. 한마디로 음악 천재."

대호는 할머니의 성가대 생활에 대해 들려줬다. 할머니는 소프라노였다. 자기 성부만이 아니라 다른 성부도 잘 알아서 멜로디를 어려워하는 사람들이 종종 찾아와 여기는 어떻게 부르냐, 내가 부르는 게 맞냐, 물었다고 했다. 할머니는 많이 웃고 나긋한 목소리로 이야기는 분이었다고 했다. 연습 날에는 30분 일찍 와서 성가대실을 청소했다고도 말했다.

"우리 교회에 악기사를 하는 혼자 사는 할아버지가 계시는데 너희 할머니랑 썩 잘 어울리셨어. 사람들이 황혼 재혼을 하면 어떻겠냐고 농담하기도 했고."

"정말?"

대호는 쓸쓸히 웃으며 고개를 끄덕였다.

악기사 할아버지라면…… 인혜에게 휘어진 브릿지를 선물해 주고 정단아 선생님을 소개해 줬던 그분인가 싶었다. 할머니가 살아계실 때 알았더라면 특종이라며 온 가족에게 신나서 이야기했겠으나 이제는 그럴 수 없었다. 자신이 모르는 할머니 이야기는 서글프고 가슴이 아렸다. 대호의 이야기를 듣는데 할머니가 다시 살아난 것만 같았다. 지나가 버린 시간이 후회스럽기도 했다. 눈물이 날 것 같아서 인혜는 얼른 말머리를 돌렸다.

"반도네온 연주 들려준다며?"

"내가 연주를 들려준다고 했어?"

들려준다고는 하지 않았다. 보여 달라는 인혜의 말에 응했을 뿐이었다.

"악기를 보여 줬으면 들려주는 게 당연한 거 아닌가?"

고개를 옆으로 기울이며 "그런가?" 하고 중얼거린 대호는 픽 웃었다.

"제대로 된 연주는 불가능한데."

"아무럼 어때. 대충 해. 소리가 궁금한 거니까."

대호는 연습실의 캐비닛을 열고 직육면체 형태의 검은색 가죽 가방을 꺼내 둥근 탁자에 올려놓았다. 잠금 걸쇠를 풀고 상자를 열자 화면으로만 보았던 반도네온이 인혜 앞에 모습을 드러냈다. 오, 하는 감탄사를 인혜는 꿀꺽 삼켰다. 실물로 보니 더 신기했다. 고풍스런 문양을 아로새긴 반도네온은 마술 상자 같았다.

인혜의 눈이 반짝이는 것을 알아차린 대호는 빙긋 웃으며 의자에 앉아 허벅지 위에 반도네온을 올렸다.

"소리만 들려줄게."

대호는 반도네온의 풀무를 양옆으로 벌렸다. 숨을 들이마시는 듯한 소리와 함께 독특한 음색이 울렸다. 바로 앞에서 듣는 반도네온의 소리는 핸드폰 스피커로 듣는 것보다 더 풍부하고 매력적이었다. 감탄스러운 음색과 달리 연주는 꽝이었다. 대호는 탱고 비슷한 걸 연주하는가 싶다가 한 소절도 넘기지 못하고 연주를 멈췄다. 지난번에도 듣긴 했지만 바로 앞에서 들으니 그냥 어처구니가 없었다. 얼굴을 일그러트린 인혜에게 대호가 쑥스러워하며 말했다.

"못한다고 했잖아."

"이거, 네 악기 아니지?"

대호가 웃으며 고개를 끄덕였다.

"그럼 누구 거야?"

"연수 거."

놀라움에 눈이 커졌다.

"연수? 연수가 반도네온을?"

"너희 할머니가 사 주신 거야."

커진 눈이 더 커졌다. 할머니가 반도네온을 사 줬다니. 아니, 연수와 아는 사이였다니. 척 봐도 한두 푼 하는 악기가 아니었다. 대호가 말을 이었다.

"연수도 나랑 같은 교회 다녔거든. 교회가 깨진 직후에는 나만 여기로 왔는데 얼마 전에 연수네도 여기로 옮겼어."

"그렇다고 악기를 사 줘?"

서늘해진 인혜의 물음에 대호가 움찔하며 입을 닫았다. 인혜는 아찔한 기분을 견디며 질문을 던졌다.

"대체 뭐야? 할머니는 대체 왜 연수한테 그걸 사 주신 건데? 아는 거 있어?"

대호는 인혜의 시선을 피할 뿐 이렇다 할 대답을 하지 않았다.

"말해 봐. 우리 할머니 얘기잖아."

"연수가 너무 갖고 싶어 했어."

담백한 대답에 할 말을 잃은 인혜는 헛웃음을 흘렸다. 고개를 쳐든 마음은 박탈감이었고 그다음으로 올라온 건 몰염치한 분노였다.

연수가 왜? 연수가 왜 할머니한테 선물을 받아? 할머니는 왜 그런 거야? 갖고 싶어 해서 사 줬다고? 연이은 의문에 이어 연수의 천진한 얼굴이 떠올랐다. 연수와 할머니는 같은 교회를 다녔다. 악기를 선물로 사 줄 정도의 관계라면 둘 사이에 쌓인 일과 함께 한 시간이 적잖았을 것이었다. 연수는 할머니에게 의미 있는 존재였다. 연수와 할머니가 서로의 삶을 축복하며 가슴 깊은 곳에서 우러나오는 애정의 말을 나누었을 것만 같았다. 인혜가 할머니와 서먹하게 지냈던 지난 2년 동안.

인혜의 일그러진 빨간 감정은 엉뚱하게 연수에게 튀었다.

"연수 대단하네. 첼로도 하고 반도네온도 하고."

대호는 인혜를 빤히 쳐다보았다. 인혜는 속을 들킨 것만 같아 몸을 돌렸다. 역시 혼자였던 게 옳았다. 더는 이곳에 있고 싶지 않다.

"갈게."

걸음을 떼는데 뒤에서 대호의 목소리가 들렸다.

"연수도 힘들어."

인혜는 우뚝 멈춰 섰다. 간신히 억눌렀던 뒤엉킨 감정이 폭발할 것만 같다. 연수가 힘들다고? 할머니에게 악기 선물을 받은 연수가 힘들어한단 말이지? 너 같은 친구도 있는 연수가, 반도네온까지 욕심내는 연수가 힘들어한다고? 순간 치솟아 오른 화에 이성이 흐트러진 인혜는 대호를 향해 입에서 나오는 대로 말을 내뱉었다.

"왜? 4등 해서 힘들대?"

"아니, 그게 아니고."

"반갑네. 나는 5등이거든. 꼴등이라서 힘들어."

"등수 때문은 아냐."

"등수 말고도 당연히 힘든 게 많겠지. 반도네온도 하고 첼로도 하려니 얼마나 힘들겠어. 연수한테는 하루가 48시간인가? 학교 생활 하고 교회 다니고 첼로 하고 반도네온까지 하게?"

귀에서 맥박 뛰는 소리가 들렸다. 인혜는 탁자 위의 반도네온 을 가리키며 맥락 없는 말을 터트렸다.

"저 악기 장난 아닐 거야. 저걸로 곡 하나 제대로 연주하려면 상당히 공을 들여야 할걸? 첼로를 두고 반도네온? 첼로가 장난감이야? 취미로 해도 되는 거야? 몰랐는데 연수 혹시 천재니? 걔는 첼로가 만만할지 모르지만 나는 아냐. 나한테 첼로는 지독해. 그지독한 게 내 전부라고. 내가 좋아하고 말고는 하나도 중요하지 않아. 나는 그냥 첼로야. 이유 따위 필요 없어. 나는 첼로가 어쩔 수 없어. 근데 할머니는 연수한테 저런 걸 사 줬단 말이잖아!"

성가대 연습실에 인혜의 목소리가 울렸다. 넘쳐 버린 흥분으로 뺨이 실룩거렸다. 연습실 문이 열리고 모르는 사람이 들어와 인혜와 대호를 번갈아 살폈다. 인혜는 그제야 정신이 들었다. 눈 밑에 경련이 일었고 등에 식은땀이 솟았다. 대호는 입을 반쯤 벌린 채 어쩔 줄 몰라 하고 있었다.

인혜는 뒷걸음질치며 대호에게 말했다.

"미안해. 너한테 할 소리는 아닌데."

귀 끝까지 새빨개진 인혜는 교회 밖으로 뛰쳐나가 버렸다.

11

인혜는 교회에서 나와 할머니 무덤으로 가지 않고 집을 향해 내려온다. 복잡한 심경에 미칠 것 같다. 화가 나기도 하고 궁금하기도 하고 죄스럽기도 하다. 구겨진 마음의 주름을 타고 흐르는 감정은 도무지 종잡을 수가 없다.

다리 한가운데를 건너는데 가로등에 불이 켜졌다. 노란 조명이 비추는 다리 위에서 인혜는 걸음을 멈추고 하늘을 올려다보았다. 별 하나 보이지 않는 컴컴한 밤이 온 세상을 덮어 가고 있었다. 인혜의 세상도 더 검게 물들어 갔다. 빠져나와야 한다는 것을 알지만 도무지 탈출구가 보이지 않았다.

예고로 진학한 뒤, 인혜는 할머니와 소원해졌다. 숙희 국수 분점 문제로 시작된 아빠와 할머니의 불화는 평행선을 달렸다. 할머니도 아빠도 목표를 이루고자 하는 집념이 강했고, 그런 성정이 때로는 배짱으로, 때로는 아집으로 이어졌다. 한마디로 둘 다 고집이 셌다. 인혜도 자연스럽게 할머니와 거리를 두게 되었다. 직접적인 원인은 할머니와 아빠의 관계였으나 사실 인혜도 할머니가 부담스러웠다. 할머니는 첼로를 향한 자신의 집착을 답답해하는 것 같았다.

이찬 예고 합격을 축하하는 외식 자리에서 아빠는 엄정현 선생님으로부터 벗어나 당당히 예고에 입성한 것 자체가 대견하다며 인혜를 추켜세웠다.

"실력이 좋으면 뭐 해. 처음부터 그 사람 좀 음침했어. 일찌감치 레슨 그만뒀어야 하는 건데."

아빠는 엄정현 선생님의 말 한마디에 휘청거렸던 인혜의 지난 3년을 언급하며 그동안 쌓아 두었던 감정을 드러냈다. 엄마는 아빠의 말에 동의하면서도 인혜의 눈치를 보았고 동우는 그러거나 말거나 스테이크를 썰었다. 아빠의 말이 너무 넘친다 싶을 즈음 할머니가 낮은 목소리로 말했다.

"사연 없는 집은 없는 거야."

아빠는 무어라 대꾸하려다 입을 닫았다. 아빠의 불편한 말이 그친 건 좋았지만 할머니가 엄정현 선생님을 편드는 건 기분 나빴다.

할머니가 어떻게 그럴 수 있어? 내가 엄정현 선생님한테 당하는 거 다 봤잖아. 엄정현 선생님 집에 레슨 다닐 때 차 안에서 내가 얼마나 힘들어했는지 할머니는 다 봤잖아. 그런데 어떻게 사연 운운해? 사연 있으면 사람한테 그렇게 함부로 해도 되는 거야? 인혜는 말없이 고기를 씹었고 헤어질 때 할머니의 시선을 피했다. 할머니가 느낄 수 있을 만큼 노골적으로.

할머니와 매일 함께였던 건 초등학교 때까지고, 중학교 때는 일주일에 두 번 레슨 받으러 갈 때 보는 게 거의 전부였다. 레슨을 가는 길이나 오는 길이나 끔찍한 기분이었던 건 매한가지여서 할머니에게 보인 인혜의 모습은 그야말로 엉망이었다. 가는 길에는 겁에 질린 걸 감추기 위해 할머니에게 뾰족하게 굴었고 돌아오는 길에는 패배감을 목 아래로 눌러 삼키느라 할머니의 걱정 어린 말에도 묵묵부답이었다.

인혜는 걷는 속도를 높였다. 비탈진 길을 내려오다가 걸음을 헛디뎌 휘청거리고 만다. 연습실을 생각한다. 해야 할 일을 생각한다. 기말고사를 생각한다. 산자락 길을 내려와 다리를 건너 집으로 향하는데, 마음속에서 쳐다보고 싶지 않은 문장이 결국 떠오르고 만다.

할머니에게 연수는 어떤 사람이었을까.

인혜는 걸음을 멈추고 주먹을 움켜쥔다. 할머니가 돌아가셨을 때의 일이 떠오르고 팔다리가 언 빨래처럼 빳빳해진다. 혹시, 설마, 하는 단어가 마음속에 두렵게 떠오른다. 떠오른 단어는 사라지지 않고 인혜를 찌른다. 견디지 못한 인혜는 핸드폰을 꺼내 아빠에게 전화를 건다. 그동안은 차마 확인하지 못했지만 이제는 알아야겠다. 통화 연결음이 연거푸 울리도록 아빠는 전화를 받지 않는다. 지금이면 숙희 국수가 한창 바쁠 때였다.

전화를 끊고 발걸음을 옮겼다. 인도를 걷는 걸음이 빨라진다. 아파트 정문을 통과할 땐 뛰었다. 보도블록이 깔린 길을 지나 공동 현관 비밀번호를 누르고 아파트 안으로 들어왔다. 엘리베이터 위에 붙은 빨간 숫자가 1에 가까워지다가 경쾌한 벨 소리와 함께 엘리베이터 문이 열렸다. 그때, 전화벨이 울렸다. 발신자는 아빠. 인혜는 엘리베이터에 오르면서 전화를 받았다.

"아빠?"

"인혜야, 전화했네?"

반가워하는 아빠의 목소리. 핸드폰 너머로 식당의 소음이 배경음처럼 울린다. 물을까 말까 잠시 주저했지만 어떤 충동이 인혜를 떠밀고 만다.

"아빠, 할머니 돌아가셨을 때 말이야, 경찰에서 연락 왔다고 했잖아."

"뭐라고?"

잘 안 들리는지 아빠는 무슨 말이냐고 다시 묻는다. 눈썹을 가운데로 모으고 잘 듣기 위해 핸드폰을 귀에 붙이는 아빠 모습이 보이는 것 같다. 어쩌면 아빠는 그릇을 치우고 있을지도 몰랐다.

어쩌면 손님에게 인사하는 중일지도, 어쩌면 주방에서 설거지하던 중일지도 몰랐다.

인혜는 눈을 감았다. 인혜에게 끔찍한 기억이니 아빠에게도 그럴 것이다. 이 이야기를 하고 나면 인혜도 아빠도 망연자실해서 한동안 어딘가를 바라보고 있게 될 것이다.

"인혜야, 다시 말해 볼래? 왜 이렇게 잘 안 들리지?"

엘리베이터가 5층에 도착해 문이 열렸다. 인혜는 다른 걸 물었다.

"아빠, 할머니 교회 다닌 거 알았어?"

"뭐라고?"

"할머니가 교회 다녔던 거 알고 있었냐고요."

핸드폰 너머에서 아빠는 입술을 굳게 다문 듯했다. 인혜는 집으로 들어가지 않고 계단실 쪽으로 갔다. 컴컴한 계단실로 들어서자 센서 등이 놀란 것처럼 켜지며 희푸른 빛이 공간을 채웠다.

"알고 있었어요?"

아빠의 핸드폰 너머에서 들리던 소음이 사라졌다.

"장례식장에서 알았어. 그 교회 분들이 오셔서."

인혜는 계단에 걸터앉아 눈을 감고 흐트러진 머리칼을 이마 위로 쓸어올렸다.

"아빠, 할머니가 그 교회에서 성가대를 했대."

"……성가대를?"

"할머니가 교회에서 청소도 하고, 웃고 떠들고 사람들 챙기고. 좋은 할머니 노릇 엄청 잘했대. 어떤 애한테 선물로 악기도 사 주고 남자 친구 같은 할아버지도 있었대. 거기에서, 거기에서 할머니가 그랬대."

목소리가 점점 높이 올라갔다. 누르려 해 보지만 떨림조차 어찌할 수가 없다. 이대로면 울음이 섞일 것 같다. 호흡이 거칠어진다. 할머니가 보고 싶어서, 할머니에게 미안해서, 할머니에게 화를 내고 싶어서, 인혜는 터져 나오는 대로 소리치듯 말한다.

"할머니가 어떻게 그럴 수 있어? 왜 우리한테는 얘기를 안 해? 우리가 잘못한 거야? 내가 잘못한 거야? 할머니는 왜 그랬대? 교회 좀 다니면 어때서 그 얘기를 굳이 안 하냐고. 아빠는 대체 왜 몰랐어? 엄마도 몰랐던 거야? 그 정도는 우리도 알고 있었어야지!"

"뭐 하냐?"

인혜는 화들짝 놀라 뒤를 돌아보았다. 가방을 멘 동우가 인혜를 물끄러미 내려다보고 있었다. 학원에 가는 모양이었다. 인혜는 서둘러 핸드폰을 끊고 눈물이 들어찬 눈시울을 옷소매로 닦아 냈다. 동우에게 학원 가냐고 물으려 하지만 이대로면 목멘 소리가 나가고 말 것 같았다.

동우가 한숨을 쉬며 말했다.

"누나 너만 힘들어?"

"응?"

"다 힘들어. 우리가 잘못했잖아."

순간, 인혜의 몸이 굳는다.

"할머니 그렇게 보내드린 거."

더는 동우를 바라볼 수가 없었다.

할머니는 집에서 혼자 돌아가셨다. 돌아가신 시각도 정확히 알 수 없었다. 경찰은 돌아가신 지 24시간이 조금 지난 것 같다고 했다. 소방서 연락을 받고 출동했다고 했다. 타살 정황도 없고 자살도 아닌 것 같다고, 주무시다 돌아가셨는지 이부자리에 누운 채 잠든 것처럼 돌아가셨다고 했다. 경찰은 말했다, 심정지에 의한 자연사로 보인다고.

당시에는 충격에 가족 모두 제정신이 아니었다. 하지만 지금 인혜는 궁금하다.

누가 소방서에 신고했을까.

할머니와 일상을 함께한 누군가가 있었다. 할머니와 연락이 닿지 않자 다음 날 아침 할머니 집을 찾아간 사람이 있었다. 초인종을 누르고 문을 두드렸던 그 사람이 119에 신고했을 것이다. 대체 누가 인혜는 의식하지도 못한 할머니의 부재를 알아차렸던 걸까.

혹시, 연수?

벨 소리가 울리고 동우가 엘리베이터를 타는 소리가 났다.

"밥 좀 제대로 먹고 다녀. 거울도 보고. 요즘 누나 얼굴이 어떤지 알아?"

연수는 뒤를 돌아보았다. 닫히는 문틈으로 비통해 보이는 동우의 얼굴이 보였다. 철컹거리는 소리와 함께 엘리베이터가 아래로 내려갔다. 인혜는 계단에 앉은 채 멍하니 허공을 응시했다.

센서 등이 꺼지자 좁고 컴컴한 계단에 어둠이 차올랐다. 죄책감과 양심의 가책, 미안함에 가슴이 저미듯 아팠다. 슬픔에 익사해 버릴 것 같았다. 인혜는 아랫입술을 지그시 누르고 가슴을 툭툭 치며 소리를 억눌러 흐느꼈다.

계단실에 울음을 참는 소리가 오래 울렸다.

12

연습을 마치고 버스에서 내려 집으로 가는데 엄마에게서 전화
가 왔다.

"어디니?"

무슨 일이 있는지 한숨 섞인 목소리였다. 아마도 동우와 관련
된 일일 터였다. 온 가족이 집에 모여 있는 토요일 오후면 집이
시끄러워지곤 했는데 시작은 늘 동우였다. 아니나 다를까, 핸드
폰 너머에서 아빠의 고함 소리가 들렸다. 무언가를 두드리는지
쿵쾅거리는 소리도 울렸다.

"무슨 일 있구나?"

"니 아빠랑 동우랑 또 한바탕 난리야. 와서 아빠 좀 말려 봐."

"왜 또."

엄마는 한숨을 내쉬며 말했다.

"동우 방 꼬락서니 때문에. 금방 올 수 있어?"

뛰어가면 3분 거리였지만 첼로를 메고서는 더 걸릴 터였다.

"최대한 빨리 갈게."

엘리베이터에서 내려 현관 비밀번호를 누르는데 안에서 아빠의 고함 소리가 들렸다. "동우 너 이 자식, 문 안 열어?" 하는 소리가 아파트 복도까지 울렸다. 인혜는 문을 열고 집 안으로 들어갔다. 굳게 닫힌 동우 방문 앞에 성난 기세로 서 있던 아빠가 인혜를 보고는 흠칫 놀랐다.

"어, 인혜 왔구나."

나흘 전 인혜가 할머니 얘기를 터트린 뒤로 아빠는 인혜와 눈도 제대로 맞추지 못했다. 사과는 메시지로 했다. 아빠, 미안해요. 아냐, 내가 미안하지. 딱 그 정도만.

"아빠, 무슨 일이에요?"

인혜의 물음에 아빠는 당혹스러운 얼굴로 아니, 이 녀석이, 그게 말이야, 하며 말로 이어지지 않는 단어를 내뱉다가 양손을 허리춤에 올리고 한숨을 토하듯 말했다.

"다음에 얘기하자."

아빠는 씨근거리며 안방으로 들어갔다. 동우 방을 지나 거실에 들어서자 소파에 앉은 엄마가 지친 얼굴로 인혜를 올려다보았다. 인혜는 입 모양으로 '왜? 무슨 일인데?' 하고 물었다.

엄마가 한탄하듯이 말했다.

"만날 그거지 뭐."

인혜네 집의 '만날 그거'는 동우의 게으름이었다. 중학교 3학년인 동우는 인혜가 보기에도 속이 터지도록 느긋했다. 일요일이면 오전 열한 시가 넘어서야 일어났고 중간고사와 기말고사에서 가볍고도 가벼운 숫자를 받아 왔다.

학교생활은 그럭저럭하는 모양이었고 학교 가는 것도 싫어하지 않았으나 특별히 뭘 좋아하거나 잘하는 게 없었다. 제일 많이 하는 건 핸드폰. 아빠는 동우가 3학년이 되면서 동우 핸드폰에 깔아 둔 핸드폰 관리 앱을 지웠다. 지우라고 권한 건 인혜였다. 동우의 핸드폰 사용 시간을 확인하고 통제하려는 아빠와 동우 사이에 불화가 끊이지 않았기 때문이었다.

아빠는 인혜에게 푸념을 늘어놓곤 했다.

"너는 이런 문제가 한 번도 없었잖아."

그건 맞는 말이었다.

"저놈은 뭐 하나 제대로 하는 게 없어."

그건 아니었다. 동우는 학교를 잘 다니고 있고 친구들과도 괜찮은 관계를 유지했다. 여자 친구도 있었다. 한 달 전, 학교에서 돌아오는 길에 동우를 마주쳤는데 옆에 긴 머리 여자애가 있었다. 둘의 분위기는 갓 시작한 연애, 딱 그거였다.

동우와 아빠의 불화는 작년부터였다. 동우는 느슨했고 아빠는 빡빡했다. 동우의 노닥거림은 끝이 없었고 아빠는 일이 끝나면 다른 일을 찾는 사람이었다. 서로가 서로를 참으며 지내는 일상이 불안하게 이어지다가 이따금 쌓인 것들이 한꺼번에 터지곤 했다.

갈등을 폭발시키는 뇌관은 '말'이었다. 지난번에 동우가 늦잠으로 학교에 지각했을 때, 아빠는 동우에게 "이 한심한 녀석아!"라고 말했고 동우는 "네네, 한심해서 죄송합니다. 제가 아주 쓰레기네요."라는 말로 응수했다. 너는 왜 자기 관리가 안 되는 거냐는 아빠의 힐난을 동우는 나른한 목소리로 받아쳤다.

"핸드폰 보면서 쉬는 게 자기 관리 아닌가?"

상황이 이쯤에 이르면 아빠는 불같이 화를 내다가 자신의 팔자를 비관하며 탄식했는데 그건 또 그거 나름대로 문제였다. "어쩜 저렇게 실망만 주는 자식이 있을까."라는 말은 동우 듣는 데서 할 말이 아니었다. "학생이면 학생답게 공부하는 시늉이라도 해야지!" 하는 말도 동우 방문 앞에서 할 이야기는 아니었다.

그럴 때마다 인혜는 아빠 마음을 풀어 주거나 조언 비슷한 말을 건네기도 했다.

"아빠, 남자애들 방은 다 엉망진창이래. 동우만 그런 거 아닐걸?"

"아빠, 쟤한테 집안일을 시켜 봐야 아빠만 힘들어."

"아빠, 아빠는 어른이잖아."

아빠와 동우 둘 다 바뀌어야 했다. 방법은 하나였다. 반복 학습과 실패를 통한 쓰디쓴 교훈. 결국 자기 자신이 얼마나 한심한지 스스로 깨달아야 했다. 달갑잖은 일이지만 받아들여야 했다. 자신의 단점을 인정하지 않으면 고칠 수 없다. 인혜가 악기를 잡은 이래로 반복해 온 일이었다.

엄마가 울적해 보여서 마음이 아팠다. 인혜가 소파에 앉아 엄마의 어깨에 옆머리를 기대자 엄마는 인혜의 어깨를 손으로 끌어안고 정수리에 입술을 비볐다. 엄마의 입술과 품에서 퍼져 나온 온기가 인혜의 마음으로 스며들었다.

엄마가 한숨 섞인 목소리로 말했다.

"사는 게 만만할 때가 없네."

인혜도 말했다.

"나도 그래."

엄마가 흘리듯 웃으며 중얼거렸다.

"너도 참 만만치가 않지."

인혜는 어미 새에게 파고드는 새끼처럼 엄마를 끌어안고 몸을 붙였다. 엄마는 낮게 웃으며 인혜의 머리를 거듭 쓰다듬었다.

"오늘은 뭐가 시작이었어?"

인혜의 물음에 엄마는 기가 막힌다는 듯 힘없이 웃었다.

"아빠가 동우에게 물었지. 기말고사 준비 안 하냐고. 문제집은 왜 안 사냐고. 그랬더니 동우가."

엄마는 거기까지 말하고 어이가 없는 듯 피식 웃었다. 호기심이 동했다. 동우에게 기말고사 대비책을 물어봐야 마음에 드는 반응은 얻지 못했을 터였다.

"동우가 뭐랬는데?"

엄마는 천장을 올려다보며 동우의 말을 전했다.

"저는 공부를 안 할 계획인데요?"

인혜의 입에서 헐, 하는 소리가 자기도 모르게 흘러나왔다. 인혜도 엄마처럼 소파에 등을 기대며 중얼거렸다.

"대단하다, 대단해. 엄마, 진짜 대단한 거 같아."

엄마가 말했다.

"인혜야, 세상에 무슨 계획이, 안 할 계획이 있니? 이건 뭔가 좀 이상하잖아."

큭, 하고 웃음이 터졌다. 엄마는 허탈하게 웃으며 말을 이었다.

"쉬느라 힘들어 죽겠네. 그런 말인가?"

인혜는 몸을 흔들며 웃고 말았다. 엄마도 함께 웃었다. 인혜와 엄마가 같이 킥킥거리는데 아빠가 안방에서 나왔다. 아까의 열기가 한 김 빠진 분위기였다. 아빠는 소파 위에 바짝 붙어 있는 인혜와 엄마를 발견하고는 멈칫했다. 아빠도 안아 줄까 생각해 봤지만 선뜻 내키지 않았다. 무엇보다 아빠에게는 집안에 분란을 일으킨 책임이 있었다. 여기서 아빠를 위로하면 동우는 어쩌란 말인가.

흠흠, 하고 헛기침을 한 아빠는 현관으로 걸어가며 말했다.

"내 뒷담화는 나 안 듣는 데서 하고 전해 주지는 마."

아파트 현관문이 닫혔다. 엄마는 주방으로, 아빠는 숙희 국수로 갔다. 인혜는 동우의 방문을 톡 두드렸다.

"뭐 해?"

문 너머에서 심드렁한 대답이 돌아왔다.

"그냥 있어."

"들어가도 돼?"

"뭐 하러."

"그냥."

안에서 아무 말이 없었다. 인혜는 한 번 더 방문을 두드렸다. 이번에도 아무 반응이 없으면 돌아서려고 했는데 안에서 부스럭거리며 뭔가를 치우는 소리가 들렸다. 잠시 뒤 방문이 열렸다. 동우 방에서는 뭐라 표현할 수 없는 퀴퀴한 냄새가 났다. 동우 또래 남자애들에게서 풍기곤 하는 특유의 체취였다.

인혜는 문지방에 앉아 동우의 방을 둘러보았다. 동우는 다시 침대에 누워 핸드폰을 쳐다보았다. 책상 아래에는 속옷과 외출복이 무더기로 쌓여 있고 책상 위는 문제집과 볼펜, 핸드폰 충전기, 장난감처럼 잡다한 온갖 것들로 너저분했다. 서랍장 위에는 만들다 만 플라모델이 기괴한 모습으로 아무렇게나 널브러져 있었다. 아빠와 엄마의 공간인 안방과는 대조되는 풍경이었다.

인혜가 리듬을 섞어 말했다.

"너도 참- 고생이 많다."

동우는 핸드폰을 바삐 두드리며 앵돌아진 목소리로 대꾸했다.

"연습 갈 시간 아냐?"

인혜는 잠시 입을 닫고 동우가 먼저 반응해 주기를 기다렸다. 인혜는 안다. 동우가 어색한 분위기를 오래 버티지 못한다는 걸. 아니나 다를까. 동우는 핸드폰을 내려놓고 인혜를 향해 고개를 돌렸다.

"뭔데?"

"말이 문제야."

"말? 무슨 말?"

"아빠한테 존댓말을 해."

동우가 몸을 일으켜 앉으며 말을 던졌다.

"누나 너는 하잖아, 반말. 나랑 똑같이."

"난 해도 괜찮아."

"뭐?"

동우의 한쪽 눈썹이 쓱 올라간다.

"난 아빠를 존경해. 아빠도 그걸 알고. 하지만 넌?"

동우는 고개를 모로 돌렸다.

"아빠는 너한테 존중받지 못한다고 느끼는 거야. 그래서 엄마 가 반말하지 말고 존댓말 쓰라고 하는 거고."

동우는 입을 비죽거리며 팔짱을 꼈다.

"아빠는 날 존중했나?"

불만스레 웅얼거리긴 했지만 수긍하는 듯했다. 표정을 보니 동우 어렸을 때가 생각났다. 동우는 마음에 들지 않는 일이 있으면 지금처럼 팔짱을 끼고 입을 비죽거리며 자신의 상한 기분을 드러냈다. 평생 저 모습을 보게 되겠지.

"난 이 말투가 편한걸. 솔직히 아빠도 나한테는 말 험하게 하잖아. 받은 대로 돌려주는 건데 뭐가 문제야?"

인혜는 동우를 달랬다. 아빠는 아빠고, 너는 너다. 아빠와 너는 친구 사이가 아니다. 사람 마음은 은행 같은 거다. 상대방의 마음에 좋은 기억과 애정과 관심을 쌓아 놓으면 나중에 배로 돌려받게 될 거다. 그런 이야기를 주워섬기는데 마음이 아팠다. 인혜가 동우에게 하는 말은 할머니가 인혜에게 해 주던 이야기였다. 인혜가 친구 관계로 힘들 때, 담임 선생님이나 학원 선생님과 부딪혔을 때, 엄마나 아빠한테 화가 났을 때, 미주알고주알 사정을 이야기하면 할머니는 다 듣고 나서 몇 마디 던지곤 했다. 듣든 말든 상관없다는 듯 무심하게 툭.

"누군가는 먼저 뭐든 해야 문제가 해결될 거야. 안 그래?"

동우는 말이 없었다. 침묵은 받아들인다는 표시였다.

"네가 먼저 노력하면 내가 네 편을 들어 볼게. 오늘 아빠가 소리 지른 건 그거대로 아빠한테 얘기해 볼게."

동우는 핸드폰을 들고 옆으로 돌아누워 버렸다. 동우는 등을 보인 채 말했다.

"연습이나 잘해."

"그래. 간다, 가."

인혜는 동우의 방을 나와 살며시 문을 닫았다. 엄마가 입 모양으로 어떻게 됐냐고 묻기에 검지와 엄지로 동그라미를 만들어 엄마를 향해 흔들었다. 엄마는 웃으며 입 모양으로 말했다. '고마워.'

인혜는 엄마에게 미소로 화답하고 핸드폰을 들었다. 엄마와 동우를 다독였으니 이제는 아빠 차례였다. 전화를 할까, 메시지를 보낼까, 아니면 숙희 국수에 잠깐 들를까. 핸드폰에서 아빠와의 채팅방을 찾는데 밭은기침이 났다. 인혜는 주먹으로 가슴을 툭툭 두드리며 기침을 가라앉혔다.

눌리는 듯한 기분이 들었다. 목구멍으로 마른침이 넘어가고 눈밑이 파르르 떨렸다. 난데없는 압박감에 마음이 납작해지는 듯했다.

힘들다. 지친다. 지겹다. 하고 싶지 않다.

가족들의 엉킨 마음을 푸는 일이 전처럼 기껍지 않았다. 인혜는 깊게 숨을 들이마셨다 내쉬면서 지금 해야 할 일을 생각했다. 이상한 기분 따위, 참고 삼키고 누르면 그만이었다. 그것이 인혜의 방식이었고 이제까지 그런대로 효과가 있었다. 인혜는 아빠에게 보낼 메시지를 생각하고 생각했다.

아빠, 잘 갔어요? 아빠, 나 국수 먹고 싶어. 아빠 뭐 해? 가까스로 떠올린 문장 중에 마음이 실린 것은 없었다. 머리가 지끈거리는 것 같아서 그냥 다 보내 버렸다. 그때, 핸드폰으로 메시지가 들어왔다.

메시지를 보낸 사람은 대호였다. 단체 채팅방이 아니라 개인 메시지였다. 사흘 전 교회에서의 일이 떠올라 얼굴이 다시 화끈거렸다.

인혜는 메시지를 눌렀다. 핸드폰 화면에 짤막한 문구가 떴다.

연수 입원했대.

입원? 갑자기 왜? 놀란 뒤에 드는 마음은 의아함이었다. 왜 나한테 이걸 알려 주는 거지? 무어라 대꾸해야 하나 생각하는데 핸드폰이 울리며 대호의 새로운 메시지가 떴다.

쉽게 대답하기 어려운 메시지였다.

13

연수의 입원은 위경련 때문이었다. 인혜는 버스에 올라 연수가 입원한 종합 병원으로 향했다. 토요일 새벽에 응급실로 실려 온 연수는 일단 월요일까지 입원하면서 경과를 지켜본다고 했다.

일요일이어서인지 거리가 평소보다 여유로워 보였다. 한 달 전에는 거리를 샛노랗게 장식했던 은행나무들이 이제 잎을 거의 다 떨구고 앙상한 모습으로 겨울을 맞이할 채비를 하고 있었다. 인혜는 어제 대호에게서 온 메시지를 내려다보았다.

내일 병문안 같이 갈래?

대호에게 고마웠다. 그토록 싸늘하게 말하며 못 볼 꼴을 보였는데도 또다시 손을 내밀어 주는 건 아무나 할 수 있는 일이 아니었다. 인혜는 점심 먹고 가겠다고 답했고 대호는 먼저 가 있겠다며 천천히 오라고 했다.

그나저나 위경련이라니.

인혜도 스트레스로 인한 위경련이 와서 입원한 적이 있었다. 위가 꼬이는 것 같은 통증이 계단을 타고 오르는 것처럼 증폭되다가 나중에는 비명을 지를 정도로 심해졌다. 연수도 그렇게 아팠을 거였다.

막상 연수를 만날 생각을 하자 묻고 싶은 게 하나둘 떠올랐다.

할머니가 왜 너한테 반도네온을 사 준 거야?

그날…… 119에 전화한 거, 혹시 너야?

너도 혹시 나처럼 엄정현 선생님한테 보복당한 거야?

연수를 생각하면 마음이 복잡했다. 항상 1등이었던 연수. 할머니에게서 반도네온을 받은 연수. 괴롭힘에 가까운 레슨으로 고통받았을 연수. 엄정현 선생님의 보복으로 실기시험에서 4등이 되어 버린 연수.

그리고 어쩌면, 할머니의 집 문을 두드리다가 119에 신고했을지도 모르는 연수.

연수는 인혜가 비운 할머니의 옆자리를 냉큼 차지해 버렸던 걸까. 그 생각을 하면 마음이 비틀리는 듯했다. 유치하기 그지없지만 마음은 천연덕스레 솔직했다. 연수가 아프다는 사실이 반갑기도 했으니까.

어느새 인혜는 연수와 대호를 생각하고 있었다. 같은 학교, 같은 교회, 같은 악기. 대호와 연수는 둘 다 괜찮은 애였다. 연수를 대하는 대호의 태도가 각별하기도 했다. 둘은 어떤 사이일까. 친구? 아니면 다른 사이? 이 정도 인연이면 둘 사이에 연애 감정이 생기고도 남았을 것 같았다.

첼로 연습은 안 하고 반도네온에 연애질이라니.

퍼뜩 든 생각에 인혜는 이마로 차창을 툭 두드렸다.

인혜야, 너 정말 왜 이래.

자신이 마음에 들지 않았다. 치졸하고 옹졸하고 비루한 마음에서 빠져나오고 싶었다. 때마침 내려야 할 곳에 다다랐다. 인혜는 버스에서 내려 병원으로 들어갔다.

병원은 크고 넓었다. 본관이 20층도 넘었다. 병실은 2215호. 인혜는 뭐라도 사 들고 가야 할 것 같아 편의 시설이 모여 있다는 지하 1층으로 에스컬레이터를 타고 내려갔다.

지하 1층은 작은 쇼핑몰 같았다. 빵집, 작은 마트, 서점, 꽃집, 의료용품 가게, 푸드 코트와 전문 식당가, 문구점, 옷 가게가 즐비했다. 사람이 적잖아서 이따금 맞은편에서 오는 사람을 피해야 했다. 인혜는 반들반들 윤이 나는 복도를 걸으며 무엇을 사 갈까 고민했다. 빵집에 들어갔다가 위경련 환자에게 먹을 것을 사 들고 가는 건 아무래도 이상하겠다 싶어서 그냥 나왔다.

꽃을 들고 가기도 뭣하고 – 아픈 걸 축하해.

음료수도 좀 그렇고 – 이건 먹을 수 있니?

책을 사 가기도 좀 – 핸드폰 그만 보고 책 좀 읽어.

죄다 어색했다. 무엇 하나 쉽게 결정할 수가 없어서 스스로가 한심하기도 했다. 지하 1층을 헤매듯이 돌아다니던 인혜는 결국 빈손으로 엘리베이터를 탔다.

22층에 내렸는데 풍경이 생경했다. 어느 쪽으로 가야 할지 헷갈렸다. 병실 안내도를 살펴보는데 맞은편 엘리베이터가 열리면서 익숙한 얼굴이 나타났다. 대호였다. 대호가 이를 드러내고 웃으며 말했다.

"오, 왔네?"

낯선 곳에서 마주쳐서인지 대호가 반가웠다. 반가움을 다른 말로 서둘러 덮긴 했지만.

"먼저 와 있겠다더니."

"엄마가 뭐라도 가져가라고 해서."

대호의 손에는 2리터짜리 페트병이 들려 있었다. 뭐냐는 눈길에 대호는 히죽 웃으며 대답했다.

"식혜야. 연수가 우리 엄마가 만든 식혜를 좋아하거든."

좋아하는 걸 들고 오면 되는 거구나.

"어디야?"

"저쪽."

대호는 이미 와 본 것 같았다. 인혜는 대호의 뒤를 따라 걸었다. 인혜가 지난번에 화를 내서 미안하다고 말하자 대호는 "어이구, 사과를 다 하고?"라며 씩 웃고 그만이었다.

"저기야."

대호는 병실 문을 가리켰다. 6인실이었다. 대호는 인혜에게 문가에 잠시만 서 있으라고 한 뒤 먼저 병실 안으로 들어갔다. 연수의 자리는 문 옆인 듯했다. 안에서 대호와 연수의 목소리가 들렸다.

"나 왔다."

"뭘 또 왔냐."

구성진 음성에 인혜의 한쪽 눈썹이 쓱 올라갔다. 연수가 저런 식으로 말하는 애였나?

"인혜도 왔는데."

"누구?"

"인혜."

"서인혜?"

어리둥절한 목소리로 대호의 말을 확인한 연수는 대호를 향해 "야, 너." 하고 윽박지르듯이 말했다. 돌아갈까, 하는 생각도 들었지만 여기까지 와서 뒷걸음질치고 싶지는 않았다. 인혜는 병실 안으로 들어가 어색하게 손을 올리며 말했다.

"안녕?"

연수가 얼른 표정을 고치고 인혜를 맞이했다. 인혜는 재빨리 말을 이었다.

"많이 아파?"

연수는 순순히 대답했다.

"지금은 괜찮아."

"나도 위경련 앓아 봐서 알아. 한창 아플 때는……."

연수가 한숨을 툭 터트리며 인혜의 말을 받았다.

"세상이 뒤집히는 것 같지."

허물없는 연수의 반응에 긴장이 누그러졌다. 대호와 인혜는 서로를 보며 픽 웃었고 연수도 앉으라며 의자를 권했다. 인혜가 앉고 보니 의자가 하나뿐이었다.

병실에는 다양한 나이의 사람들이 누워서 책을 읽거나 낮잠을 자거나 핸드폰을 들여다보고 있었다. 병실 정중앙에 붙은 텔레비전에서는 축구 경기가 중계되고 있었는데 아무도 보는 사람이 없었다. 누워 있어서인지 연수의 키가 더 커 보였다.

연수는 침대 옆에 붙은 버튼을 눌러 상반신을 좀 더 세웠다. 대호가 "침대 좋네! 누워 있으니까 좋냐?" 하며 놀리듯이 말했다. 연수는 협탁 위에 있던 두루마리 휴지를 대호에게 던졌고 대호는 휴지를 한 손으로 받아 내고는 히죽거렸다. 연수는 대호에게 "피아노 반주는 누가 했어?", "오늘 교회 점심은 뭐였어?" 같은 질문을 던졌고 대호는 "문 집사님이 반주하셨어.", "떡볶이에 김말이튀김, 그리고 순대."라고 대답했다.

둘 사이를 오가는 대화 분위기에 연애 감정이 깃든 것 같지는 않았다. 둘이 그렇고 그런 사이일 거라는 예단은 헛다리인 듯했다. 남녀 사이가 저렇게 편할 수도 있구나 싶어 부럽기도 했다.

병문안 가면 보통 무슨 이야기를 하나 했는데 특별할 건 없었다. 평소에 주고받을 법한 이야기를 그냥 하면 되는 거였다. 환자에게 네가 돌아와야 할 세상은 여전하다고, 네가 없어서 아쉽다고, 네가 이 풍경으로 돌아와야 그림이 완성된다고 말하는 것 같았다.

대호가 침대 끝에 앉으며 인혜와 연수에게 말했다.

"야야, 뉴스다, 뉴스."

연수가 물었다.

"뉴스 뭐?"

"세은이랑 세영이 학교 그만둔대."

첼로 쌍둥이가 학교를 그만둔다는 건 인혜도 처음 듣는 소식이었다. 인혜와 연수가 동시에 물었다.

"진짜?"

"왜?"

"유학 간대. 독일로."

"유학? 세은이랑 세영이가?"

비죽거리는 연수의 말씨에는 '걔들이 유학 갈 정도는 아니지 않나?' 하는 마음이 숨어 있었다. 예고에 들어왔다고 해서 모두가 악기에 목숨을 거는 건 아니었다. 세은과 세영에게 재능이 없는 건 아니었지만 연습량이 턱없이 부족했다. 자기들도 기질을 잘 알아서 대학만 가면 첼로 따위 때려치울 거라고 공공연히 말하곤 했다.

인혜는 연수와 비슷한 마음을 섞어 흘리듯 말했다.

"좋겠네. 유학이라니."

"그건 아닐걸? 걔들은 죽을 맛이래."

연수가 이죽거렸다.

"유학까지 가는 애들이 왜 죽을 맛이야?"

대호는 둘의 처지를 전해 주었다. 쌍둥이 딸들의 첼로 탈출 계획을 알아차린 부모님이 둘을 어르고 달래 첼로를 하지 않으면 안 될 상황으로 몰아간 거라고 했다.

인혜가 물었다.

"넌 그런 걸 어떻게 다 아는 거야?"

"작년에 같은 반이었잖아. 그리고 걔들이 자기 얘기를 잘해."

연수가 떠보듯이 대호에게 물었다.

"넌 어째 아쉬워 보인다?"

"아쉽지."

인혜가 물었다.

"왜?"

"둘 다 내 반란에 적극적으로 가담해 주겠다고 했는데 이렇게

가 버리다니, 아쉽지 않을 수 있나."

"반란?"

연수가 대호 대신 대답했다.

"기억 안 나? 훼파 대자보. 얘가 그걸 아직도 포기를 안 했어. 2학기부터 자기편 들어줄 사람을 하나하나 모으고 있다니까?"

대호가 말했다.

"우리 이제 곧 3학년 되잖아. 1학년 때랑은 입장이 다르지. 이번에는 이기고 만다, 내가."

연수가 비아냥대는 투로 말했다.

"아이고, 애교심이 넘치시는구나."

"애교심은 무슨. 너 같으면 이렇게 줄 세우는 데 혈안이 된 학교에 사랑이 싹을 틔우겠냐?"

연수는 인혜를 보며 한 손을 입가에 올렸다.

"후배들이 불쌍해서 저런단다. 오지랖도 넓지."

인혜는 설핏 웃었다. 오지랖이 넓기로는 할머니가 최고였다. 할머니는 경주 최 부자 이야기를 좋아했다. 사방 백 리 안에 굶는 사람이 없게 하라는 가훈이 아주 마음에 든다며 "돈을 좀 더 벌어 볼까?" 하고 말하기도 했다. 할머니는 식당 직원들의 근무 태도를 깐깐히 관리하면서도 월급과 보너스는 두둑이 챙겨 주곤 했다. 직원들의 경조사를 빠짐없이 챙겼던 할머니를 따라 하는 게 벅차다며, 아빠는 조용히 웃었다.

"그래도 유학이라니 대단하다. 그 자체로 대단해."

연수가 깍지 낀 손을 헝클어진 뒷머리에 대며 비스듬히 천장을 올려다보았다. 인혜가 물었다.

"왜? 너도 유학 가면 되지."

"내가? 누울 자리를 봐야지. 우리 집 형편에 무슨."

'형편? 너희 집 잘살지 않아?' 하는 말이 목구멍에서 걸렸다. 항상 성적이 인혜의 앞이었던 연수라면 잘사는 집 아이일 것 같았다.

인혜의 생각을 알아차린 듯 대호가 천연덕스럽게 말했다.

"연수랑 나는 그런 거 꿈도 못 꿔."

연수가 끼어들었다.

"야, 나는 아니거든?"

대호가 고쳐 말했다.

"연수는 꿈은 꿔. 나는 꿈도 안 꾸고. 우리 집은 예고까지만이야. 그 뒤는 내가 알아서 해야 해. 뭘 하든."

연수가 말했다.

"얘네 집이 좀 없이 살아."

대호도 말했다.

"얘네 집은 잘나가다 쫄딱 망했어."

셋 다 실없이 웃었다. 서로의 군색한 집안 사정을 아무렇지도 않게 농담거리로 삼는 게 신선하고 신기했다.

인혜도 이야기했다.

"우리 집은 국수 장사해. 요즘은 장사가 별로야."

"국수?"

둘 다 모르는 눈치였고 그래서 좋았다. 할머니가 자기가 했던 일에 대해서 연수와 대호에게 자세히 이야기하지 않았다는 것이. 인혜가 말했다.

"숙희 국수 알아?"

연수의 눈이 동그래졌다.

"숙희 국수? 숙희 국수가 너희 집에서 하는 거야?"

대호도 침을 삼키며 말했다.

"야! 거기 내가 진짜 좋아하는 식당이야. 멸치국수 진짜 장난 아닌데!"

연수와 대호의 목소리가 컸기 때문인지 옆 병상에서 흠, 하는 헛기침 소리가 들렸다. 인혜는 목소리를 낮춰 말했다.

"우리 할머니가 하던 식당이야. 비빔국수랑 숙희 국수가 추천 메뉴고."

"숙희 국수! 멸치국수에 고수 양념이랑 편육 올린 거!"

대호가 그렇게 말하고는 인혜와 연수의 눈치를 살폈다. 인혜는 한 걸음 들어가야 할 때가 왔음을 알아차렸다. 인혜는 연수를 향해 물었다.

"우리 할머니 알지?"

연수는 담담히 대답했다.

"알지, 그럼."

연수에게 가장 묻고 싶은 말이 떠올랐다.

할머니 돌아가셨을 때, 119에 신고한 거 너였어?

막상 물으려니 차마 입이 떨어지지 않았다. 머뭇거리던 그때, 병실 밖에서 "언니!"하며 타닥타닥 경쾌한 발걸음 소리가 들렸다. 연수와 대호의 시선이 동시에 병실 문 쪽으로 향했다.

가까워지는 발걸음 소리에 낯선 소리가 함께 들렸다. 말이 되지 못한 발성이지만 의미가 담겨 있는 목소리. 조급하고 불안해하는 기색이 느껴지는 목소리였다. 연수의 얼굴에 복잡한 감정이 스쳐 지나갔다. 인혜는 병실 문을 바라보았다.

"언니!"

깜짝이야, 할 정도의 큰 목소리와 함께 등장한 건 연수처럼 키가 큰 여자아이였다. 인혜는 자기도 모르게 주춤거리며 반걸음 뒤로 물러섰다. 연수의 친동생인 듯했다. 따로 보면 닮은 얼굴이라고 여기지 못했겠지만 같은 공간에 있으니 가족이라는 걸 바로 알 수 있었다.

"주희 왔네."

대호가 문 앞으로 다가가 뛰듯이 들어온 여자애를 맞이했다. 인혜도 의자에서 일어서서 "안녕." 하고 인사했다. 연수는 잠시 얼굴에 깃들었던 옅은 당혹감과 민망함을 지우고 반가운 표정을 온 얼굴에 드러냈다. 주희라고 불린 여자애는 손으로 뺨을 토독 두드리고는 연수에게 다가와 새가 지저귀는 듯한 높고 단조로운 목소리로 말했다.

"많이 아파?"

인혜는 주희의 사정을 알아차렸다. 초등학교 6학년 때 1년간 교실에서 함께였던 친구와 같은 느낌이었다. 특수 학급을 오가며 수업을 듣던 아이였다. 연수는 인혜를 쳐다보지는 않았으나 의식하는 듯했다. 인혜는 주희에게 시선을 두지 않는 것으로 연수의 난감함을 감쌌다. 연수가 제 마음을 알아주기를 바라면서.

연수는 주희를 향해 피식 웃고는 물었다.

"엄마는 어디?"

순간, 대호가 어찌할 바를 몰라 하며 복도를 쳐다보았다. 연수도 아차, 싶은 얼굴이었다.

뭐지?

당황한 시선을 교환하는 연수와 대호. 두 사람의 난처한 얼굴을 번갈아 보며 인혜는 자신은 모르는 어떤 일이 벌어질 것임을 직감했다. 무엇인지 모를 불길함에 얼굴이 굳는 것 같았다.

주희가 읊조리듯 말했다.

"엄마 왔어. 엄마 왔어."

뒤에서 발걸음 소리가 들리고 주희가 "엄마!" 하며 몸을 돌렸다. "아니, 저기." 하며 인혜의 얼굴을 살피던 대호는 들어선 사람

을 향해 고개를 숙여 인사했다. 연수의 눈길이 인혜와 뒤에 서 있
는 엄마 사이에서 흔들렸다. 당혹감이 교차하는 분위기를 감지하
며 인혜는 뒤를 돌아보았다.

병실 문 앞에는 엄정현 선생님이 서 있었다.

14

인혜는 병실을 빠져나왔다. 엘리베이터를 향해 빠른 걸음으로 걸어가는데 뒤에서 인혜를 부르는 대호의 목소리가 들렸다. 인혜는 뒤도 돌아보지 않고 엘리베이터 버튼을 눌렀다.

"인혜야."

"따라오지 마."

"일부러 감춘 거 아냐."

인혜는 엘리베이터 버튼을 탁탁 치며 말했다.

"알았어. 그랬을 거 같아. 나중에 얘기하자."

"감출 일도 아니었어."

"알았다고!"

인혜는 자기도 모르게 언성을 높이고 말았다. 지나가던 환자와 간호사 들이 인혜와 대호를 흘낏거렸다. 인혜는 숨을 깊게 들이마시고 다시 말했다.

"내가 정리가 안 돼서 그래. 다음에 얘기해."

"정리가 안 될 건 또 뭐니?"

인혜는 멈칫했다. 엄정현 선생님 목소리였다.

팔짱을 끼고 서 있는 엄정현 선생님이 눈에 들어왔다. 편한 차림에 화장기 없는 얼굴의 엄정현 선생님이라니. 한 번도 본 적 없는 모습이었다. 엘리베이터 문이 벨 소리를 울리며 양옆으로 열렸다. 인혜는 고개를 모로 돌리며 말했다.

"안녕히 계세요."

엘리베이터에 오르는데 엄정현 선생님이 같이 탔다. 인혜는 아랫입술을 윗니로 지그시 눌렀다. 엄정현 선생님과 좁은 공간에 같이 있는 것 자체가 싫었다. 엄정현 선생님은 대호에게 "주희 좀 부탁하마."라고 말하고는 인혜를 향해 말했다.

"1층 안 눌러?"

인혜가 1층을 누르는데 복도에서 "같이 좀 갑시다." 하며 세 사람이 더 탔다. 문이 닫히기 직전에 두 사람이 엘리베이터에 올랐고, 뒤이어 또 두 사람이 탔다. 중량 초과를 알리는 벨이 울리자 마지막에 탄 사람이 죄송하다는 말을 반복하며 서 있는 위치만 바꿨다. 덜컹거리던 엘리베이터 문이 가까스로 닫혔다.

스물두 개 층을 내려가야 1층에 당도할 수 있었다. 인혜와 엄정현 선생님은 서로에게서 얼굴을 돌렸다. 꽉 찬 엘리베이터 안이라 맞닿은 어깨는 어찌할 수가 없었다. 14층에서 두 사람이 내리고 세 사람이 더 탔을 때는 몸을 바싹 붙이지 않을 수 없었다.

엄정현 선생님이 속삭였다.

"그만 좀 붙지?"

인혜는 대답했다.

"저도 붙고 싶어서 붙은 게 아니에요."

엘리베이터는 섰다 내려가기를 반복했다. 몇 사람이 내리고 몇 사람이 다시 탔다. 3층이 되어서는 인혜와 엄정현 선생님과 할머니 한 분뿐이었다.

엄정현 선생님은 왜 따라 탄 걸까. 대체 무슨 이야기를 하고 싶어서 도망치듯 나온 인혜를 쫓아온단 말인가. 엄정현 선생님은 방심한 상태로 만나선 안 되는 사람이었다. 거기에다 연수의 엄마라니.

1층에 도착하자 문이 열렸고 인혜는 빠른 걸음으로 내렸다. 말 따위 섞고 싶지 않았다. 쫓아오지 마시라는 말을 온몸으로 전하고 싶었다. 그러나 아무런 인기척이 없었다. 인혜는 주춤거리다가 뒤를 돌아보았다. 엄정현 선생님이 엘리베이터 안에서 인혜를 빤히 보고 있다가 입 모양으로 말했다.

'뭐?'

인혜의 한쪽 눈썹이 꿈틀거렸다. 엄정현 선생님이 입 모양으로 다시 말했다.

'왜?'

문이 닫히고 엘리베이터가 아래로 내려갔다.

인혜는 몸을 돌려 병원 현관을 향해 걸어가려다가 우뚝 멈춰 섰다. 태연하게 인혜에게 말을 걸고 도발하듯이 입을 벙긋거리던 엄정현 선생님의 모습에 기가 막혔다. 엄정현 선생님과 인혜는 그럴 사이가 아니었다. 인혜가 불편해하는 것만큼 선생님도 떨떠름해야 마땅했다. 지난 2년간 품었던 미움과 독기가 엄정현 선생님에게는 하찮고 무시해도 좋을 것이었단 말인가. 생각이 여기에 이르자 속에서 불길이 활활 타오르는 것 같았다.

인혜는 엘리베이터 위를 쳐다보았다. B1, B2, B3까지 멈추지 않고 내려간 엘리베이터는 B3에서 방향을 바꿔 위로 올라오기 시작했다. 엄정현 선생님은 아마도 지하 3층에 내렸을 것이다. 인혜는 계단으로 뛰어 내려가 지하 3층에 도착했다. 지하 3층은 주차장이었다. 빈자리를 찾기 어려울 정도로 차가 많았다. 엄정현 선생님은 보이지 않았다. 인혜는 두리번거리며 주차장을 헤매다가 차와 차 사이에서 선생님을 찾았다. 선생님은 차 트렁크에서 무언가를 꺼내더니 엘리베이터 쪽으로 걸어갔다.

인혜는 엄정현 선생님을 향해 달렸다. 주차장을 울리는 급한 발소리에 쇼핑백을 들고 가던 선생님이 인혜를 쳐다보았다. 인혜는 엄정현 선생님 앞에 서서 헉헉거리며 숨을 골랐다.

우뚝 멈춰 선 엄정현 선생님이 말했다.

"뭐지?"

인혜는 이마와 콧등에 난 땀을 닦았다. 엄정현 선생님을 똑바로 쳐다보고 싶었지만 그러지 못했다.

"궁금한 게 있어서요."

긴 한숨 소리를 내며 엄정현 선생님이 말했다.

"물어봐라."

"저번 실기시험 결과요. 그걸로 이상한 소문 도는 거 아세요?"

엄정현 선생님은 시선을 옆으로 돌리고 눈가를 찌푸렸다. 인혜는 재차 물었다.

"아시죠?"

"알아. 며칠 전에 연수한테 들었어."

"제 실기시험 성적이 공정하지 않았대요. 맞아요?"

엄정현 선생님은 냉소하는 투로 말했다.

"아마도 그랬을 거다."

인혜는 참고 참아 왔던 질문을 던졌다.

"선생님, 혹시 저한테 보복 같은 거 하신 거예요? 제가 선생님한테 배우다 그만뒀다고 미워서 그러신 거냐고요."

엄정현 선생님은 팔짱을 끼며 말했다.

"대체 이게 무슨 소리야? 너한테 보복을 해? 내가?"

인혜는 지지 않고 대꾸했다.

"그러면 뭔데요? 아까 인정하셨잖아요. 제 실기 성적이 공정하게 나온 게 아니라고요. 그렇게 만든 사람이 선생님이 아니란 말이에요?"

"얘가, 정말." 하며 할 말을 감아올린 엄정현 선생님은 양 허리에 손을 올리고 큰 소리로 말했다.

"내가 왜 그런 짓을 해? 사람을 대체 뭘로 보고!"

넓은 공간에 울리는 목소리에 주차장을 오가던 사람들이 인혜와 엄정현 선생님을 흘낏거렸다.

"나는 그 자리에 오케스트라 담당으로 간 거야. 애들 실력 보러. 채점 따윈 하지도 않았다."

심사 위원이 아니었다는 말이었다. 인혜는 주춤거리며 말했다.

"그럼 뭐죠? 그 소문은?"

선생님은 분을 삭이는 얼굴로 천장을 올려다보며 왼쪽 입술을 지그시 물었다.

"나한테 앙심을 품은 심사 위원들이 있었다. 그 사람들이 나와 관계있는 학생들에게 불이익을 줬어. 그게 연수와 너였던 거야. 연수는 내 딸이고 너는 한때 나한테 배운 적이 있는 애니까."

인혜는 엄정현 선생님을 쳐다보았다. 거짓말을 하는 것 같지 않았다. 나지막하게 이야기하는 엄정현 선생님의 얼굴이 붉어졌다. 선생님의 얼굴에서 비치는 부끄러움과 민망함은 인혜가 예상치 못한 감정이었다.

"왜요? 왜 그런 짓을 해요? 왜 저랑 연수한테 불이익을 줘요? 그 위원들이 품었다는 앙심은 또 뭔데요?"

엄정현 선생님은 동요하는 심경을 가라앉히려는 듯이 손으로 머리칼을 천천히 쓸어 넘기며 깊은 한숨을 토했다. 엄정현 선생님이 내리누른 목소리로 말한 건 인혜의 질문에 대한 대답은 아니었다.

"실기 성적이 그렇게 대단하니? 그 순위가 그렇게 탐나든? 너라면 아마 알 거다. 이번에 1등, 2등 한 쌍둥이들 연주 실력이 실제로 어떤지. 걔들 평소 실력으로 나란히 1, 2등을 했다는 게 납득이 가든? 아니지?"

인혜 역시 같은 생각이었다. 지난 연주 수업 때 들은 둘의 연주 실력은 그저 그랬다. 4등을 했던 연수의 연주는 아니었다. 역시 연수, 라는 생각을 하며 연주 감상문을 썼다.

"연수도 억울할 거 없어. 실기시험 날 연주도 그냥 그랬다. 네가 가장 낮은 점수를 받은 것도 너무 애석해하지 마. 실기시험 때 넌 온전치 않았어. 난 바로 알아봤다. 네 마음이 불안정하다는 걸. 그 상태로 그 정도 연주했으면 나쁘지 않은 거야. 네 연주를 좋게 본 심사 위원도 있긴 했으니까 그 정도면 잘했다고 할 수 있다."

칭찬인지 비난인지, 인정하는 건지 폄훼하는 건지 헷갈리는 말이었다. 엄정현 선생님이 연주만 듣고도 인혜의 마음을 헤아렸다는 것이 놀랍기도 했다.

"그럼, 연수 위경련은 왜 그런 거예요? 선생님이 너무 혹독하게 몰아붙여서 그런 거 아녜요?"

"연수 정도 되면 자기가 하는 만큼 하는 거야. 넌 누가 시켜서 연습하니?"

그건 아니었다. 누구도 인혜에게 연습을 강요하지 않았다.

"욕심이 과해서 그런 거야."

"네?"

"첼로를 뭘로 보는 건지. 하나만 해도 부족할 판에 다른 악기에 욕심을 내서 그런 거야. 둘 다 잘하겠다고 했지만 연수 능력으로는 그게 안 돼. 이대로는 둘 다 말아먹고 말 테니 결국은 하나를 선택해야 할 거다. 그 성질머리가 어디에서 왔는지, 참." 하고는 엄정현 선생님은 인혜를 위아래로 훑어보았다.

"넌 운동 매일 하고 있지?"

인혜는 고개를 끄덕였다.

"그런 것 같더라. 연습량도 충분한 것 같고."

인혜와 엄정현 선생님은 서로를 쳐다보았다. 무어라 말하기 어려운 어색한 기운이 감돌았다. 우웅- 하는 기계음이 커지는가 싶더니 엘리베이터 문이 열리고 사람들이 나와 인혜와 엄정현 선생님 옆으로 지나갔다. 방금 대화 때문일까. 엄정현 선생님이 지금까지와는 조금 다르게 보였다.

"뭐 해?"

"네?"

엄정현 선생님은 촛불을 끄는 것처럼 손을 좌우로 팔랑이며 말했다.

"비켜."

엘리베이터로 가는 길을 막지 말라는 말이었다. 인혜가 옆으로 비켜서자 엄정현 선생님은 엘리베이터 버튼을 눌렀다. 엄정현 선생님의 옆얼굴을 보는데 문득 연수와 연수 동생 주희가 떠올랐다. 순간 어지러이 흩어져 있던 단서들이 하나의 상황으로 맞춰지면서 소름이 돋았다.

엄정현 선생님과 할머니는 분명 같은 교회를 다녔을 것이다. 실기시험장에서 인혜의 깨진 마음을 헤아린 것도, 할머니가 돌아가신 지 얼마 되지 않았다는 사실을 알았기 때문일 것이다.

생각이 그 지점에 이르자 인혜는 저절로 눈이 커졌다. 오싹한 기분과 함께 가슴이 방망이질 치고 눈 밑이 파르르 떨렸다. 짐작을 확인하기 위해 묻는 인혜의 목소리가 불안정하게 떨렸다.

"저희 할머니가…… 어떻게 되셨는지 아시죠?"

엄정현 선생님은 말을 하려다 입을 닫았다. 엘리베이터가 지하 3층에 도착하고 문이 열렸지만 선생님은 타지 않았다. 철컹거리며 엘리베이터 문이 닫혔고 육중한 모터 소리와 함께 엘리베이터가 올라갔다.

엄정현 선생님은 다시 버튼을 누르고 등을 돌린 채 말했다.

"어떻게 모를 수 있겠니?"

문득 2년 전 그날이 떠올랐다.

엄정현 선생님의 집에서 마지막 레슨을 하던 날이었다. 끝날 시간을 훌쩍 넘겼는데도 인혜가 나오지 않자 할머니는 마당으로 들어왔고 거실 통창으로 레슨 광경을 보고 말았다. 그날 엄정현 선생님은 고개를 숙이고 서 있는 인혜에게 정신 안 차리냐며 악을 썼다. 동그랗게 만 악보 뭉치로 인혜의 어깨를 쿡쿡 찔렀다. 인혜가 비틀거리며 뒤로 밀려나자 엄정현 선생님은 인혜의 머리 위에 악보 뭉치를 흩뿌렸다. 엄정현 선생님이 인혜의 이마를 검지로 연거푸 미는 것을 본 할머니는 그대로 집 안으로 돌진했다. 그날 할머니가 엄정현 선생님에게 했던 말이 귓가에서 들리는 듯 생생했다.

"일주일에 두 번씩 당신 집에 왔다 간 게 벌써 3년이에요. 애 말라 가는 것 좀 봐요. 애가 뾰족해지는 것 좀 보라고요! 나도 음악을 압니다! 음악은 좋은 거예요. 아름다운 거예요! 당신이 음악을 하는 사람이라면 음악과 어울리는 사람이 되세요. 지금 당신이 무슨 짓을 하고 있나 한번 봐요. 그동안 이 애한테 당신이 한 짓을 부끄러워하라고요! 당신 모습은 음악을 모독하는 겁니다!"

할머니는 엄정현 선생님에게 한바탕 말을 퍼붓고는 인혜의 손을 잡아끌고 나왔다.

인혜는 쓰게 웃었다. 엄정현 선생님에게 할머니는 좋은 사람일 수 없었다. 2년 전 할머니는 엄정현 선생님에게 삿대질을 하며 목소리를 높였다. 할머니는 엄정현 선생님이 허락했을 리 없는 반도네온을 연수에게 안겼다. 연수가 위경련을 일으킨 건 어찌 보면 반도네온 때문이었다. 엄정현 선생님은 할머니를 어떤 사람으로 생각하고 있을까.

"너희 할머님은 우리 은인이셨다. 그분은……."

인혜는 엄정현 선생님을 쳐다보았다. 할머니가 은인이라고? 선생님은 초점 없이 앞을 바라보고 있었다. 엄정현 선생님에게서 흐르는 애처로움을 인혜는 이해할 수 없었다. 잠시 말을 삼킨 엄정현 선생님은 갑자기 솟아오른 감정을 내리누르려는 듯 입술을 굳게 닫고 한숨을 내쉬었다.

"그분이 우리 곁을 떠나신 것이 나는 지금도 가슴이 아파."

예상과 다르고 방향도 다른 대답이 이어졌다. 할머니를 향한 엄정현 선생님의 태도는 데면데면하거나 꺼림칙해야 마땅했다. 그런데 지금 엄정현 선생님은 할머니의 죽음이 가슴 아프다며 물기 어린 목소리로 말하고 있었다.

엄정현 선생님은 낮은 목소리로 말했다.

"김숙희 선생님은 주희의 장애인 활동 지원사셨다. 지난 2년 동안 우리는 거의 매일을 함께했어. 주희가 이만큼 좋아진 건 다

그분 덕분이야. 주희가 좋아지면서 나도 좋아졌고 연수도 괜찮아
졌어. 주말에만 겨우 집에 들어오는 연수 아빠가 올 때마다 집안
분위기가 달라진다며 감탄할 정도였지. 그분은 우리 주희를 사랑
하셨어. 주희도 너희 할머니를 사랑했고. 너희 할머니랑 찍은 사
진에서 주희는 잘 웃었다. 우리랑 찍은 사진보다 훨씬 더 예쁘게
웃었어."

엘리베이터 내려오는 소리가 점점 가까워졌다. 2년 전이라면
인혜가 엄정현 선생님의 레슨을 그만두었을 때. 그때부터 할머니
는 엄정현 선생님의 가족과 함께였다는 말이다.

혹시, 설마, 하는 단어가 마음속에 떠올랐다 사라진다. 할머니
집 앞에 서 있는 엄정현 선생님의 모습이 그려진다. 벨을 누르다
불안해하며 핸드폰으로 전화를 거는 선생님이 눈에 보이는 듯하
다. 인혜는 현기증을 내리누르며 더듬더듬 물었다.

"……우리 할머니 돌아가셨을 때요."

그렇게 말하는데 눈에 눈물이 차올랐다. 인혜의 얼굴에 시선을
둔 엄정현 선생님의 눈가에도 물기가 비쳤다. 인혜는 아랫입술을
물고 감정을 억누른 뒤 간신히 물었다.

"119에 전화한 게 선생님이었어요?"

그날의 기억을 되살린 걸까. 엄정현 선생님의 눈에서 빛이 사
라졌다. 엄정현 선생님은 먹먹한 목소리로 말했다.

"주희 활동 보조 때문에 연락드렸는데 전화를 안 받으셨어."

고개가 수그러들고 목이 메어 온다. 엘리베이터의 묵직한 기계음이 가까워질수록 심장이 아래로 추락하는 것 같다. 엄정현 선생님의 목소리가 들렸다.

"예전에, 미안했다."

벨 소리가 울리고 문이 열렸다. 엄정현 선생님은 엘리베이터에 올라 닫힘 버튼을 눌렀다. 인혜는 고개를 들어 엄정현 선생님을 쳐다보았다. 고였던 눈물이 눈두덩을 넘어 아래로 흘러내렸다. 엄정현 선생님도 인혜의 시선을 피하지 않고 가만히 마주 바라보았다. 물기 어린 둘의 시선이 얽혀 든 그 순간, 인혜는 알 수 있었다. 엄정현 선생님과 자신이 같은 마음이라는 것을.

퉁, 하고 닫힌 엘리베이터의 은빛 문에 인혜의 얼굴이 비쳤다.

15

인혜는 연습실에 가지 않았다. 아빠와 엄마는 월요일에도 학교에 가지 않고 쉬겠다는 인혜의 말에 그렇게 하라고 시원스레 말했다. 그래 놓고는 저녁 내내 인혜의 눈치를 살폈다. 인혜는 아무것도 하지 않았다. 음악도 듣지 않고 첼로도 켜지 않았다. 침대에 똑바로 누워 천장만 바라보다가 잠들었다. 새벽에 깼는데 더는 잠이 오지 않아 눈만 감고 있었다.

월요일 아침의 첫 방문자는 동우였다.

동우는 문을 벌컥 열고는 "뭐야, 학교를 안 가? 좋겠네?" 하고 문을 닫았다. 잠시 뒤 아빠가 문밖에서 "인혜야, 잘 쉬고 있어라. 이따가 맛있는 거 사 올게!" 하고 말했다. 엄마는 문만 빼꼼 열어 인혜를 살핀 뒤 시청으로 출근했다. 동우도 등교했고 아빠도 숙희 국수에 갔다. 아무도 없는 고요한 집은 오랜만이었다.

인혜는 잤다. 커튼을 치고 허리가 아플 때까지 잠만 잤다. 점심 때가 다 지나고 일어나 거실로 나갔다. 아빠와 엄마가 있을 때는 힘차게 돌아가던 주방이 비쳐 드는 한낮의 햇살 속에서 나른하게 말라 가고 있었다.

어제 오후부터 아무것도 먹지 않았는데 배가 고프지 않았다. 인혜는 거실 한쪽 벽면에 붙어 있는 가족사진을 바라보았다. 푸른빛이 도는 고풍스러운 액자 안에 청바지와 하얀 셔츠를 입은 아빠와 엄마, 인혜와 동우 그리고 할머니가 맨발로 서 있었다.

사진 속 인혜는 동글동글했다. 인혜가 초등학교 6학년이었을 때 찍은 사진이었다. 사진 속 할머니가 이제는 뾰족해져 버린 인혜를 바라보며 서글피 웃고 있다. 사진에서 할머니 목소리가 들리는 듯하다.

우리 인혜. 잘 살고 있어?

할머니의 목소리가 듣고 싶었다. 핸드폰에 녹음된 음성 파일이 있는지 찾아보는데 불현듯 옛날 숙제가 생각났다. 인혜는 핸드폰으로 클라우드에 접속해 파일을 검색했다. 검색한 파일 제목은 '할머니 인터뷰'. 6학년 때 학교 숙제였다. 가족들의 어릴 적 이야기를 듣고 학교에 와서 친구들에게 설명하는 과제였다.

재생 버튼을 누르자 핸드폰에서 할머니와 인혜의 음성이 흘러나왔다.

내 옛날얘기를 해 달라고? 이렇게 졸린데?

할머니, 그냥 좀 해 줘. 숙제야.

옛날얘기 뭐가 있나. 기억도 잘 안 나는데. 아 맞다. 그때는 새벽 다섯 시쯤 되면 관에서 나온 사람이 동네를 돌아다니면서 무슨 나무를 막 두드리고 그랬어.

나무를 두드려? 왜?

통금 해제를 알려 주는 거지.

통금?

통행금지. 그때는 그랬어. 밤늦게 다니면 잡아가고 머리 길다고 잡아가고.

신기하다. 통금이라는 게 있었다니. 할머니 초등학교는? 기억나는 거 있어?

그때는 국민학교였지. 국민학교는 광희 국민학교를 다녔어. 겨울이었는데, 아홉 살 때였거든. 선생님이 날 앞으로 불러서 나갔는데 양말에 빵꾸가 난 거야. 선생님이 내 양말을 보고는 이것 좀 꼬매 신고 다녀! 이러면서 막 화를 냈지.

화를 내? 왜?

나도 잘 모르겠어. 선생님한테 혼난 기억도 있어. 어떤 애가 선생님한테 날 모함했던 거 같은데 왜 그랬는지 잘 생각이 안 나네. 하여간 엄청 혼났어. 그런데 그다음 날 선생님이 나한테 미안했는지, 나를 앞에 불러 세워서 노래를 시키는 거야. 독창을.

뜬금없이 노래?

응.

할머니는 어떻게 했어?

어쩌긴 어째. 불렀지.

무슨 노래를?

한겨울에 밀짚모자 꼬마 눈사람…….

진짜? 그때 그 노래가 있었어?

있었을걸? 노래 부르던 장면이 생각나니까 아마 맞을 거야.

재밌다, 재밌다. 또 뭐 없어? 좋아했던 남자애 뭐 그런 거.

좋아하기는 중학교 때 선생님을 좋아했지.

꺅! 선생님?

잘생긴 국어 선생님이 있었어. 얼굴은 희멀겋고 키는 작달막하고 눈
이 큰 남자 선생님이었어. 수업 시간에 그 선생님이 내 근처에 있으면
이상하게 몸을 막 배배 꼬게 됐는데, 아이참, 그때는 왜 그랬을까. 그러
면 그 선생님이 날 보고 씩 웃었어. 나중에 복도에서 지나가다가 선생님
이 나한테 물어보시는 거야.

뭐라고?

왜 혼자 다니니? 그렇게 물어보셨지.

그래서?

그래서? 뭐가 그래서야.

끝?

응? 그럼 끝이지 뭐.

뭐야, 별거 없잖아.

왜 별게 아니야. 내가 별거면 별거인 거지.

그러면 어릴 때 할머니는 뭐가 되고 싶었어?

아유, 그거 알아서 뭐 하게?

궁금하니까 그렇지. 그때도 식당 사장?

사장은 무슨. 할미야 하고 싶은 게 많았지.

어떤 거?

노래하는 사람도 되고 싶었고, 간호사도 되고 싶었고, 선생님도 되고
싶었고, 기타도 치고 싶었고, 소설도 쓰고 싶었고……

뭐야. 다 되고 싶었네.

그래도 인혜 할머니 된 게 제일 낫네.

아이, 진짜. 할머니 공부는 잘했어?

공부는 잘 못했어. 영어랑 수학을 정말 못했거든. 고등학교를 어떻게
들어가나 했는데, 근데 내가 운이 좋았나 봐. 한 달 공부했어. 문제집 한
권 보고 서울 여상에 딱 들어갔지.

시험 보고?

그땐 다 시험 봤어.

할머니 머리 좋았나 보다.

언어 쪽으로 반짝하는 건 있었지. 어떨 때는 내가 생각하지 않은 단
어들이 입에서 막 튀어나와.

고등학교 때는?

고등학교 때는 교과서 짊어지고 도시락 싸 들고 신당동에서 장충동까지 걸어갔어. 20분 정도였을걸? 거기에서 버스를 타고 불광동까지 만원 버스 타고 갔지. 일찍 가면 뒷동산에 가서 시간 보내다가 학교에 들어갔어. 그때 뒷산에서 내려다보던 풍경이.

풍경이?

……어쩜 좋아. 너무 신기하다.

뭐가? 뭐가 신기한데?

그때 풍경이 또렷이 떠오르네. 아이참, 이거 정말 신기하다. 노란 꽃이 내 옆에 피어 있었어. 멀리서 아침밥 짓는 연기가 올라오는 풍경이었지. 햇살이 내 눈으로 사악 들어오면 얼굴이 따듯해졌거든. 그러면 나는 눈을 감았어.

……어? 할머니, 울어요? 괜찮아?

……울긴.

인혜는 재생을 중단했다. 턱 끝에 맺힌 눈물이 거실 바닥에 툭, 툭 떨어지고 만다. 터져 버릴 것 같은 마음을 더는 견딜 수 없다.

인혜는 신발을 신고 집을 나온다. 아파트 현관을 나서자마자 차가운 바람이 허술하게 여민 운동복 틈을 파고든다. 눈이라도 쏟아져 내릴 것처럼 하늘이 무겁게 흐리다. 이가 부딪힐 정도로 한기가 덮쳐 오지만 차가워서 오히려 다행이라고 인혜는 생각한다.

따듯하지 않아야 한다고 생각한다. 더 추워야 한다고 생각한다.

부슥정 걷는다. 아파트 정문 밖으로 나왔으나 갈 곳을 모른다. 인혜는 공원묘지를 등지고 시내 방향으로 걷는다. 생각을 누르려 하지만 자꾸만 할머니가 등장하는 기억이 가슴을 두드리듯이 떠오른다. 과거를 헤집던 의식은 할머니가 돌아가셨다는 소식을 들은 날에 당도한다.

할머니가 돌아가셨다고 말하던 아빠의 얼굴.

엘리베이터 안에서 고개를 숙인 채 소리 내어 흐느끼던 엄마의 울음.

그게 대체 무슨 소리냐고 반문하던, 두려움에 사로잡힌 동우의 목소리.

정류장 근처에 다다른 인혜는 번호를 확인하지 않고 버스에 올라탄다. 차창 밖을 보고 있지만 눈에 들어오는 게 없다. 어디인지도 모를 곳에서 내려 걷고 또 걷는다. 걷다 보니 정단아 선생님의 학원 근처였다. 육교 너머 아파트 단지 사이에 자리 잡은 3층짜리 상가 건물이 눈에 들어왔다.

인혜는 충동적으로 육교를 건너 학원을 향해 걸었다. 공인 중개사 사무소, 약국, 사진관, 빵집, 교회, 핸드폰 가게, 동물 병원과 어린이 병원이 다닥다닥 붙어 있는 상가 건물의 2층으로 올라갔다. 끊임없이 할머니 생각이 난다. 안락의자에 앉아 인혜의 첼로 연주를 들으며 순수한 경탄을 마지않던 할머니의 얼굴이 떠오른다. 복도에는 첼로 학원에서 내놓은 의자와 집기들이 줄을 맞춰 놓여 있었다.

이 건물 2층으로 올라와 정단아 선생님을 처음 만났을 때, 인혜는 할머니와 함께였다. 오래된 건물의 쿰쿰한 냄새가 그때와 똑같다. 냄새는 대비할 수 없는 자극이라 막을 방법이 없다. 인혜의 손을 잡고 계단을 올라온 할머니는 첼로 학원 문 앞에서 말했다. 여기 잠깐 들렀다가 집에 가서 뜨끈한 갈비탕을 해 주겠다고. 그때 자신의 양 뺨을 감쌌던 할머니 손이 떠올라 인혜는 자기도 모르게 빈손을 매만진다. 더는 느낄 수 없는 할머니의 온기가 그리워서, 결국 인혜는 흐느낌을 참지 못한 채 첼로 학원의 초인종을 누른다. 문 안쪽에서 벨 소리가 들리는데 아무 반응이 없다. 문을 당겨 보니 철컹거리는 소리만 날 뿐이었다.

선생님은 벌써 학원을 정리한 걸까. 인혜는 문을 툭, 친다. 열리지 않는다. 한두 번 더 툭툭 두드려 보지만 반응이 없다. 인혜는 몸을 돌려 계단으로 향하려다 걸음을 멈춘다. 눈앞이 흐려서 걸을 수가 없다. 눈물을 닦는데 다리에 힘이 풀려 서 있을 수도 없다. 인혜는 복도에 쪼그리고 앉아 뺨을 타고 흐르는 눈물을 닦아 낸다.

그때, 뒤에서 문이 열리는 소리가 들렸다.

"인혜니?"

정단아 선생님의 목소리에 인혜는 힘겹게 몸을 일으켰다. 얼굴에 열이 오른다. 심장이 쿵쾅거린다. 정단아 선생님이 다가와 놀란 목소리로 왜 그러느냐고, 무슨 일이 있는 거냐고 다급히 묻는다. 인혜는 말이 나오지 않아 껄떡거리는 숨만 겨우 삼킨다. 선생님은 인혜의 어깨를 감싸고 첼로 학원으로 이끌었다.

이삿짐이 빠진 황량한 학원 로비 한복판에서, 인혜는 말을 터트리고 만다.

"제가 할머니를 죽인 거 같아요."

고였던 눈물이 넘쳐흐르자 흐릿했던 정단아 선생님의 당황한 얼굴이 또렷이 보인다.

"그게 무슨 소리야?"

인혜는 껵껵대며 다시 말한다.

"제가 나빴어요. 할머니한테 그렇게 못되게 굴고. 저한테 좀 쉬면서 하라고, 할머니는 그렇게 말했을 뿐인데, 할머니는 모른다고 화내고 짜증 내고, 할머니한테 할 말 못 할 말 안 가리고 퍼붓고. 3년을 그랬어요. 레슨 가는 차 안에서요."

닦아 낼 틈도 없이 눈물이 흘러 얼굴을 적신다. 인혜는 힘겹게 숨을 삼킨다.

"난 늘 그랬던 거 같아요. 할머니는 상처받았을 거예요. 고등학교 와서는 할머니한테 전화도 안 하고 찾아가 보지도 않았어요. 할머니가 나한테 뭐라고 할까 봐서요. 너무 애쓰지 말라고 하는 게 싫었어요. 가끔 할머니가 전화하면 그냥 안 받기도 했어요. 전화 받으면 그냥 퉁명스럽게 굴었어요. 말도 짧게 하고."

인혜는 울음을 멈추려 아랫입술을 깨문다. 운동복의 가슴팍을 비틀어 쥐고 손바닥으로 눈물과 콧물로 범벅이 된 얼굴을 닦아 낸다. 어깨가 위아래로 들썩이고 눈물이 턱 끝에 맺혀 떨어진다. 정단아 선생님이 괜찮다, 괜찮아, 하고 말하며 다가온다. 인혜를 안아주고 등을 토닥이려는 것 같다. 인혜는 뒷걸음질로 정단아 선생님이 만들려는 품에서 벗어난다.

"그게 다가 아녜요."

인혜는 말을 잇지 못하고 천장을 바라본다. 억누른 흐느낌과 떨리는 숨소리로, 인혜는 아픈 짐승처럼 운다. 인혜는 자기 허벅지를 두드리며 울음을 삼키고, 헉헉거리며, 더듬거리며, 마침내 입을 연다.

"그날 할머니가 저한테 전화를 했어요. 할머니가 돌아가신 날요."

"전화?"

"한밤중에, 12시 넘어서 첼로 연습 끝나고 집에 들어왔는데, 할머니한테 전화가 왔는데……."

인혜는 속에 박힌 새빨갛고 홧홧한 그것을 토해 내고 만다.

"그 전화를 안 받았어요. 일부러 안 받았어요."

인혜는 두 손으로 얼굴을 가린다. 손가락 사이로 뜨거운 눈물이 스민다. 검은 늪 속에 묻어 두었던 그날의 기억이 선연히 떠오른다. 침대 위에 던져둔 전화에 뜬 '나의 할머니'라는 문구가 생생하다.

"선생님, 그 전화를, 그 전화를 제가 안 받았어요. 어쩌면 할머니는 아파서 전화했던 걸지도 모르는데, 도와 달라고 전화했던 걸지도 모르는데, 마지막으로 보고 싶어서, 마지막으로 목소리를 듣고 싶어서 전화했을지도 모르는데, 저는 그 전화를 안 받았어요. 아침에도 저는 할머니한테 전화를 안 했어요. 할머니를 생각도 하지 않았어요. 할머니는 그때, 그 집에 혼자서, 그렇게. 엄정현 선생님이 찾아갈 때까지……."

인혜는 오열하고 만다. 정단아 선생님이 다가와 인혜를 끌어안았다. 인혜는 선생님의 품에 안겨 덜덜 떨며 남은 말을 쏟아 놓는다.

"다들 할머니를 사랑했는데, 아빠도, 엄마도, 동우도, 연수랑 대호도, 그리고 엄정현 선생님도 할머니를 사랑했는데, 슬퍼하는데, 나는 그러면 안 될 거 같아요. 벌 받아야 할 거 같고 망가져야 할 거 같아요. 할머니가…… 하려던 말은 뭐였을까…… 너무 알고 싶은데 근데 들을 수가 없어요. 물어볼 수도 없어요. 이제는 할머니가 없어요. 너무 미안해요. 할머니한테 너무 미안해요."

인혜를 끌어안은 정단아 선생님의 팔에 힘이 들어갔다. 들썩이는 정단아 선생님의 어깨에 무너져 버린 인혜는 목 놓아 울어 버리고 말았다.

16

　인혜는 꼬박 사흘을 앓았다. 그 시간 내내 침대에 누워만 있었다. 아빠는 응급실이라도 가야 하는 거 아니냐며 어쩔 줄 몰라 했으나 엄마는 집에서 해열제 먹으며 쉬는 것으로 충분하다고 했다. 인혜에게 쉬어야 하는 때가 온 거라고.

　억센 손이 온몸을 쥐어짜는 듯했다. 식은땀이 났고 입안이 바싹 말랐다. 열이 오르내리기를 반복했고 두통과 오한이 찾아왔다. 인혜는 침대에 반듯이 누워 통증을 견뎠다. 이따금 파도처럼 밀려드는 아픔에 주먹을 말아 쥐고 이를 악물기도 했다.

　가족 모두 집을 나가고 혼자 남은 목요일 늦은 오후, 인혜는 마침내 침대에서 일어났다. 태풍처럼 휘몰아쳤던 통증이 몸 곳곳에 배어 있던 오래된 찌꺼기를 걷어간 듯했다. 몸살이 지나가고 나자 요동치던 감정도 잦아든 것 같았다.

인혜는 커튼을 걷고 창문을 열었다. 몸과 마음이 노곤하고 고요했다. 핸드폰은 길 어딘가에서 잃어버렸다. 인혜는 태블릿으로 메신저를 확인하려다 그만두었다. 지금은 그저 홀로 있고 싶었다.

거실로 나오니 죽 냄새가 났다. 인혜는 주방으로 가서 냄비 뚜껑을 열어 보았다. 진녹색 죽 안에 희게 박힌 전복이 보였다. 달큰하고 짭조름한 향을 맡자 갑자기 배가 고팠다.

인혜는 찬장에서 그릇을 꺼내어 냄비에 담긴 죽을 퍼 담았다. 따뜻했지만 좀 더 따끈하게 먹고 싶었다. 죽을 전자레인지에 돌리고 냉장고에서 숙희 국수의 김치를 꺼내 식탁에 놓았다. 식탁에 숟가락을 놓는데 전자레인지에서 팡, 하고 터지는 소리가 울렸다. 깜짝 놀란 인혜는 조심조심 전자레인지 안을 살폈다. 내부에 사방으로 죽이 튀었지만 큰 문제는 없어 보였다. 전복이 터진 모양이었다. 인혜는 전자레인지 안을 행주로 닦고 전복죽을 식탁에 올렸다. 이제는 배가 고파 속이 아릴 지경이었다. 죽에 참기름을 살짝 두른 뒤 첫술을 떴다.

맛있었다. 눈이 커질 만큼. 코끝에 진하게 감도는 전복 향에 인혜는 눈을 가만히 감으며 크게 숨을 내쉬었다. 발동이 걸리자 숟가락을 놀리는 손놀림이 빨라졌다. 김치는 시원하고 아삭하고 매콤달콤했다. 인혜는 후후 불어 가며 죽 한 그릇을 뚝딱 비웠다.

밥을 먹고 나니 기력이 돌아오기 시작했다. 인혜는 욕실 거울에 비친 제 모습을 보고는 어이가 없었다. 홀쭉했던 뺨이 더 홀쭉해졌고 머리칼은 떡 지고 뒤엉켜 그야말로 거지꼴이 따로 없었다.

뜨거운 물로 샤워를 하고 머리칼을 말리고 창문을 열어 바람을 들였다. 차가운 공기가 집 안에 고여 있던 것들을 밖으로 몰아냈다. 신선한 공기를 마시자 움직이고 싶었다. 설거지를 하고 침대 주변에 지저분하게 쌓인 휴지와 약 봉투를 치우고 이불과 베개를 정리했다. 동우 방도 치워 줄까 생각했으나 잠깐 열어 보니 입이 다물어지지 않는 수준이어서 그대로 문을 닫았다.

인혜는 소파에 앉아 베란다 창밖을 쳐다보았다. 마음이 나아진 건 분명했으나 서늘한 통증은 여전했다. 하늘의 청명함이 서글펐다. 희디흰 구름도 안타까웠다. 할머니와 함께 보았다면 좋았을 것이다. 이럴 줄 알았다면 할머니와 더 오랜 시간을 누렸을 것이다. 인혜는 홀로 조용히 훌쩍이다 가라앉듯 잠들었다. 집 전화가 울려 잠에서 깰 때까지.

텔레비전 옆에서 울리는 수화기를 집어 들자 아빠가 조심스러운 목소리로 말했다.

"좀 괜찮아?"

아빠를 안심시키고 싶었다.

"괜찮아요. 죽도 먹었고. 죽 엄청 맛있더라."

아빠는 엄마가 오랜만에 솜씨를 발휘했다며 그게 다 신선한 재료 맛이라고 했다. 인혜의 핸드폰을 주운 사람과 뒤늦게 연락이 닿아 오늘 밤에는 받아다 주겠다고 했다. 아빠는 전화를 끊으려다 말고 인혜에게 말했다.

"참, 학교 친구들이 너 보러 간다고 했는데."

"친구?"

"아까 숙희 국수로 전화가 왔어. 너 병문안 가도 되냐고 해서 될 거라고 했는데, 괜찮은 건가? 내가 일이 바빠서 너한테 전달 못 했네. 걔들한테 집 주소 알려 줬어. 부담스러우면 지금이라도 안 된다고 전화할까?"

"친구 누구?"

아빠의 입에서 예상했던 이름이 나왔다.

"누구더라……. 대호랑 연수. 걔들 친구 맞지? 저번에 연수라는 애 병문안 간다고 했잖아."

인혜는 알았다고 말하고는 전화를 끊었다.

우리 집에 오는 친구라니. 설핏 웃음이 났다. 집에 마지막으로 친구가 온 게 언제였을까. 초등학교 때 이후로 처음이 아닌가 싶었다. 연수와 대호에게 연락해야 하는데 핸드폰이 없었다. 인혜는 태블릿을 켜고 채팅 앱을 확인했다.

확인하지 않은 메시지들이 쌓여 있었다. 가장 많은 메시지가 쌓인 곳은 음악 2반 채팅방이었다. 관현악 하는 애들이 올린 우는 소리가 그득했다. 인혜가 앓는 사이 오케스트라 연습을 한 번 더 한 모양이었다. 아이들은 엄정현 선생님의 독설과 무지막지하게 부여된 연습량에 비명을 질렀다. 성악과 실용 음악, 국악 전공 아이들의 위로 섞인 말이 간간이 보였다.

인혜는 다른 채팅방을 살폈다. 정단아 선생님으로부터 메시지가 와 있었다.

할머니께서는 인혜 너를 사랑해서 행복하셨을 거야.

인혜는 그 문장을 가만히 내려다보았다. 할머니 삶의 파노라마 한가운데에 인혜가 있었다. 할머니가 쉰여덟일 때 인혜가 태어났고, 그 뒤로 18년 동안 할머니와 인혜는 함께였다.

할머니의 삶은 지나갔다. 좀 더 함께였으면 좋았을 것이다. 하지만 이제 할머니는 없다. 목소리를 듣고 싶어도 들을 수 없고, 안고 싶어도 안을 수 없고, 보고 싶어도 볼 수 없다. 할머니와 메시지를 나눈 채팅방은 여전히 살아 있지만 더 이상 메시지를 주고받을 수 없었다.

하염없이 화면을 바라보는데 문득 새로운 채팅방이 눈에 들어왔다. 이름은 '첼리스트 3', 구성원은 인혜, 대호, 연수였다.

'이게 뭐야?'

채팅방에는 월요일 오후부터 대호와 연수의 메시지가 들어와 있었다.

대호 인혜야, 뭐 하냐? 잘 있어?

연수 혹시 삐진 거냐? 학교 안 나왔다면서? 나 내일부터 학교 간
다. 학교에서 봐!

대호 야, 인혜 아파서 못 나온 거래. 몸살이라는데?

연수 진짜? 많이 아파? 얼른 나아라. 몸살로 엄살은! 얼른 나아!

대호 야, 내가 숙희 국수에 전화해 봤는데 인혜 핸드폰 잃어버렸
대.

연수 으악!

연수 야, 학교를 못 나올 정도로 아픈 거냐? 독종이 웬일이야. 많
이 아파?

대호 이틀 결석은 좀 심상찮은데.

연수 너 없으니까 마왕이 더 난리야.

대호 오늘 오케스트라 장난 아녔음.

연수 우리 엄마 내가 봐도 답 없음.

연수 애들이 우리 엄마 욕하는데 속이 다 시원함.

대호 저거 뻥이야. 연수 엄청 열받아 했어.

연수 엄마를 말릴 수가 있어야지. 내가 못 살아.

대호 얼른 나아라!

연수 빨랑 나아라!

대호	야, 오늘 병문안 가려고. 너희 집으로.
연수	답방이다 답방. 너도 병문안 왔으니까 나도 간다.
대호	너희 아빠한테 허락도 받았어. 진짜 간다.
연수	집 더러워도 다 이해함. 4시쯤 도착!
대호	특별 위문 공연 준비함.

네 시? 특별 위문 공연?

인혜는 시간을 확인했다. 네 시 오 분이었다. 시계를 보자마자 초인종이 울렸다. 인혜는 거실로 나와 인터폰 화면을 터치했다. 연수와 대호가 멀뚱한 얼굴로 카메라 렌즈를 쳐다보고 있었다.

연수와 대호는 장미와 튤립, 프리지어로 꾸민 꽃다발을 앞세우고 장난스레 "안녕하세요. 처음 왔네요." 하고 말하며 집 안으로 들어왔다. 특별 위문 공연을 준비했다는 말이 장난은 아니었는지 대호는 첼로를, 연수는 직사각형의 검은 가방을 들고 있었다.

연수가 검은 가방을 들어 보이며 말했다.

"반도네온 연주를 그렇게 듣고 싶어 했다면서?"

인혜는 어색하게 웃으며 둘을 맞이했다. 연수는 인혜를 보고 왜 이렇게 멀쩡하냐며 꾀병 아니냐고 너스레를 떨었고 대호는 얼굴에 살 빠진 것 좀 보라며 아이고, 아이고를 연발했다.

연수와 대호는 집을 둘러보며 집 좋다, 냄새도 좋다, 멋지다,

같은 말을 늘어놓았다. 인혜는 연수와 대호를 어떻게 대접해야 하나 우왕좌왕하다가 결국은 아빠 엄마를 흉내 냈다. 둘을 거실 소파에 앉히고 손님맞이 다과를 준비하는데 연수와 대호가 환자가 무슨 짓이냐며 인혜를 거실에 앉히고 주방에서 사과와 오렌지주스, 초코칩쿠키를 찾아와 거실 탁자에 올렸다.

둘은 위문 공연부터 해야 한다며 부산을 떨었다. 대호가 식탁 의자 두 개를 거실로 옮긴 뒤 첼로 현을 조율해 음을 맞추었다. 가방에서 반도네온을 꺼낸 연수는 비장한 표정을 지으며 익살스레 말했다.

"아픈 너에게 탱고를 들려주지."

연수는 살짝 긴장한 얼굴로 호흡을 가다듬었고 대호는 진중한 표정으로 활을 들었다. 인혜는 거실 바닥에 앉아 반도네온과 첼로의 듀엣 공연을 마주했다. 연수와 대호는 시선을 교환하며 합을 맞춘 뒤 동시에 연주를 시작했다.

학교에서 듣는 대호의 첼로 연주는 대단할 게 없었는데 반도네온과 함께하는 연주에서는 그렇지 않았다. 무르익지는 않았으나 자기 음악을 연주하는 것 같았다. 연수도 멋있었다. 풀무를 펼치기 위해 어깨와 팔을 양쪽으로 벌리면 가슴이 활짝 열리면서 당당한 분위기가 흘렀다. 하얀 버튼들을 빠르게 누르며 곡을 이끌어 갈 때는 연수의 긴 머리칼이 반도네온 위에서 리드미컬하게 찰랑거렸다.

채 5분도 되지 않는 연주였다. 반도네온을 완전히 익힌 건 아니어서 연주가 중간중간 끊기기는 했지만 그래도 감탄스러웠다. 반도네온의 고풍스러우면서도 세련된 음색이 마음에 들었다. 푸근하면서도 서글픈 소리가 울적한 인혜의 마음을 달래 주는 듯했다.

인혜가 물었다.

"이 곡 제목이 뭐야?"

"피아졸라의 리베르탱고."

"리베르?"

"응. 리베르. 자유."

연수는 얼떨떨한 인혜의 표정을 확인하고는 자신만만한 목소리로 말했다.

"좋았지?"

"끝내줬어."

"너 하는 거 봐서 이따가 한 곡 더 들려줄게. 반도네온 가져오느라 어깨 빠지는 줄 알았네."

첼로 지고 다니는 게 일상인 사람이 할 말은 아니었으나 귀엽게 들리는 엄살이었다. 인혜가 물었다.

"반도네온, 처음부터 좋아했어?"

연수는 인혜를 쳐다보며 말했다.

"넌 첼로가 처음부터 좋았어?"

첼로를 가까이 보았던 악기사에서의 기억이 떠올랐다.

"응."

연수와 대호는 서로 눈짓을 주고받으며 거봐 거봐, 했다.

"춤이 좋았어. 근사하고 화려하고 매끈하고. 꼭 꽃이 흔들리는 것 같더라. 탱고 추는 거 보다가 음악도 좋아하게 된 거야. 그중에서도 제일 튀는 악기인 요놈."

연수는 반도네온의 풀무 틀을 툭툭 두드리며 말을 이어갔다.

"자유를 주는 탱고. 구원을 주는 탱고. 내가 무죄임을 선고하는 탱고. 좀 전에 들려준 리베르탱고에 내가 부여한 의미야. 그 곡을 반복해서 듣는데 반도네온이 나한테 말하는 것 같더라. 네 탓이 아니다. 네게는 죄가 없다. 설사 너의 잘못이어도 상관없다. 네가 좋아하는 거 하는 게 뭐가 어떠냐. 그렇게."

"잘못? 무슨 잘못?"

대호가 웃으며 말했다.

"첼로랑 헤어지기로 결심했대."

그건 그야말로 놀라운 결심이었다. 어쩌면 연수는 인혜보다 더 오래 첼로와 함께했을지도 몰랐다.

"정말?"

연수가 쓸쓸히 웃으며 말했다.

"일단 대학은 첼로로 가려고. 그다음부터는 반도네온에 집중할 거야. 첼로를 아주 놓는다는 건 아니고 기회 되면 연주는 계속해야지."

오랜 시간 연마한 첼로를 내려놓고 반도네온을 선택하기는 분명 쉽지 않았을 것이다. 인혜가 그러하듯 연수 역시 첼로에 품은 애증이 깊고 짙었을 테니까.

연수가 유쾌한 얼굴로 말했다.

"내가 이러겠다고 하니까 우리 엄마가 아주 난리가 났지. 엄마한테 잡아먹히는 줄 알았어."

엄정현 선생님의 앙칼진 목소리가 들리는 듯했다. 인혜는 움츠린 표정을 지으며 말했다.

"살아 있는 네가 신기해."

연수는 큰 소리로 웃었다.

"얘가 확실히 뭘 좀 아네. 엄마가 싫어하지 않았으면 반도네온은 그냥 눈길만 주고 말았을지도 몰라. 이놈이 엄청 어려운 악기야. 일단 버튼 음계에 규칙성이 없어. 풀무가 수축하냐 늘어나냐에 따라 음 구성이 달라지거든. 별명이 무려 악마의 악기라니까? 근데 엄마가 너무 싫어하는 거야. 반도네온 연주를 듣기만 해도 난리가 나네? 그러니까 더 하고 싶은 거 있지. 하다 보니까 자꾸 빠져들고."

연수는 반도네온에 대한 이야기를 술술 풀어놓았다. 사천 개가 넘는 부품으로 이루어진 악기다, 풀무가 접혔다가 펴지면서 나는 공기 소리가 좋았다, 마치 반도네온이 숨을 쉬는 것 같더라, 그

숨소리를 듣고 있으면 나한테도 숨이 들어오는 것 같았다, 공간감 있는 음색과 자유분방한 연주 방식도 마음에 들었다, 등등.

연수는 인혜를 보며 말했다.

"반도네온의 또 다른 별명이 뭔지 알아?"

"악마의 악기 말고 또 있어?"

연수가 양 입꼬리를 비스듬히 올리며 말했다.

"탱고의 영혼."

"탱고의 영혼?"

연수가 말아 쥔 손을 양 뺨에 대고 "어쩜 좋아!" 하고 말하며 고개를 흔들었다. 대호는 쟤 또 저런다며 혀를 찼다.

"너무 멋있지 않아? 세상에, 악기 별명이 악마의 악기, 탱고의 영혼이야. 너무 멋있어서 미칠 것 같아. 악기 자체가 정열적이라니까! 반도네온을 연주하다 보면 몸이 팡, 하고 열리는 기분이 들어. 연주 동영상 보잖아? 연주하는 모습도 너무 섹시해."

학교에서의 연수는 가지런한 모범생 분위기였는데 알고 보니 그게 전부가 아니었다. 연수는 유쾌하고 수다스럽고 당찬 아이였다. 엄정현 선생님과 눈싸움을 해도 지지 않을 것 같았다.

열띤 목소리로 이야기하던 연수가 쿡 웃으며 말했다.

"그때 너희 할머니 진짜 멋있었는데."

"우리 할머니?"

연수는 웃으며 말했다.

"반도네온 사 주신 거 알고 우리 엄마가 너희 할머니한테 막 따졌거든. 악기가 한두 푼 하는 것도 아닌데 막 사 주시면 좀 부담스럽다고. 첼로 하기도 바쁜 애한테 반도네온 같은 거 사 주시면 어떡하냐고. 그랬더니 너희 할머니가 엄마를 막 야단치시는 거야."

"엄정현 선생님을 야단쳤다고? 할머니가?"

"애가 좋아하는 것 좀 하면 어때서 그러냐고. 나쁜 짓 하는 것도 아니고 자기 길 자기가 찾아보겠다는데 좀 놔두면 어떠냐고. 그러면서 엄마 첼로 연주가 너무 심심하다느니, 좀 더 새로웠으면 좋겠다느니, 고루한 느낌을 정통으로 착각하고 있는 거 아니냐느니 하면서 막 품평을 하시는 거지."

"진짜?"

"그게 다가 아냐. 그날 너희 할머니가 아주 날을 잡으셨어. 엄마한테 잔소리를 막 퍼부어 대시는데, 와 진짜 10년 묵은 게 쑥 내려가더라니까."

인혜는 물었다.

"뭐라고 그러셨는데?"

연수는 턱을 치켜들고 할머니의 말투를 흉내 내며 말했다.

"솔직히 집 꼬락서니가 이게 뭐냐. 등받이 부서진 의자는 좀 버려라. 청소하기 힘들면 로봇 청소기라도 사라. 레슨 할 때 애들한테 좀 나긋나긋하게 대해라. 연수랑 주희한테도 다정하게 말해

라. 작은 방에 안 쓰는 물건 좀 쌓아 두지 말고 갖다 버려라. 주희가 예쁜 옷 입는 거 좋아하는데 새 옷 좀 사 줘라. 그때 우리 엄마 한마디도 못 했잖아. 아우, 속 시원해!"

한바탕 쏟아 내는 연수의 말을 듣는데 웃음이 났다. 웃음이 가시고 난 뒤에 찾아든 건 처연한 마음이었다. 채울 수 없는 허전함을 느낀 건 인혜만이 아니었다. 연수는 벽에 걸린 가족사진을 올려다보았다. 인혜는 연수의 눈동자가 할머니의 얼굴에 맞춰져 있다는 걸 알아차렸다.

연수가 말했다.

"반도네온을 선택할 수 있었던 건 너희 할머니 덕분이야."

거실에 정적이 감돌았다. 셋 다 같은 감정을 공유하고 있다는 것에 용기를 얻어 인혜가 조심스레 물었다.

"우리 할머니랑은 어떻게 알게 된 거야?"

연수는 속을 털어놓듯 진솔한 목소리로 입을 열었다.

"중학교 3학년 때 주말에 너희 할머니가 찾아오셨어. 처음에는 화가 나서 오신 줄 알았어. 알잖아. 우리 엄마가 어땠는지."

2년 전 그때 비 오던 날, 할머니는 엄정현 선생님에게 호통을 치고 인혜를 데리고 나오다가 2층 계단에 엉거주춤 서 있는 주희를 보았다. 할머니는 악기사 할아버지에게 엄정현 선생님에 관해 물었다. 젊은 시절에는 촉망받는 연주자였으나 주희가 태어나고 장애인 가족이 되면서 날개를 접은 엄정현 선생님의 사연과 말아 줄 사람이 없어 곤란한 주희의 사정도 알게 됐다. 장애인 활동 지원사 교육을 받았던 할머니는 엄정현 선생님의 집에 다시 찾아가 주희를 맡고 싶다고 말했다.

"그때만 해도 주희를 맡겠다는 장애인 활동 지원사가 없었어. 주희가 너무 힘든 애였거든. 분노 발작도 자주 일으켜서 활동 지원사님들이 금방 그만두셨어. 근데 너희 할머니는 달랐어. 정말 신기하더라. 나도 못 하고 엄마도 못 하고 아빠도 못 하는 걸 하신 거지."

"어떤 걸 하셨는데?"

"너희 할머니는 주희가 반복해서 쏟아 내는 무수한 말들에 일일이 반응하고 맞장구쳐 주셨어. 뭘 가르치거나 나아지게 하려고 하지 않으시고, 그냥 주희처럼 웃고 주희가 말하는 것처럼 주희랑 이야기를 나누셨어. 우리 가족도 그 방식을 배웠고 그렇게 살고 있어. 예전보다 훨씬 낫게."

연수는 잠시 숨을 삼켰다.

"주희는 우리보다 할머니를 더 좋아했어. 할머니가 몸무게 줄이자고 하니까 좋다고 했고, 운동도 했어. 식탐이 바로 사라졌다니까? 너희 할머니가 우리 교회 다니게 된 것도 주희 때문이야. 예배 시간에 주희를 돌보다가 성가대에 꽂히신 거지."

흐르듯 말을 이어 가던 연수는 감정이 차오르는지 "말을 너무 많이 했다." 하고 중얼거리며 포크로 사과를 찍어 인혜에게 내밀었다.

"먹고 힘내."

인혜는 사과를 한 입 베어 물었다. 시원하고 향긋했다. 사과를
우물거리며 인혜는 거실 벽에 걸린 할머니를 올려다보았다. 평생
일하며 살아온 할머니, 자기 일을 사랑했던 할머니, 일과 자신을
구분하지 않고 헌신하기를 주저하지 않았던 동그란 얼굴의 할머
니가 인혜를 향해 웃고 있었다. 어째서일까. 할머니의 웃는 얼굴
을 마주했는데 예전처럼 괴롭지 않았다. 가붓하고 편안한 할머니
의 미소가 인혜의 마음에 늦가을의 아침 햇살처럼 내려앉았다.
할 수만 있다면 할머니를 닮아 가고 싶었다.

대호가 사과를 우물거리며 말했다.

"참, 세은이랑 세영이는 유학 갔어."

"벌써?"

"준비는 예전부터 했던 거니까."

딱히 친하지는 않았으나 세은과 세영이 떠났다고 하니 어쩐지
서운한 기분이 들었다. 그러고 보니 인혜에게는 인사도 없었다.
인혜의 표정을 알아차린 연수가 사과를 포크로 찍어 아삭 소리
가 나도록 베어 물었다.

"야, 걔들 우리한테도 인사 안 했어."

"그래?"

대호와 연수와 인혜는 아무 말 없이 사과를 씹었다. 연수가 포

크를 내려놓고 뒤로 벌러덩 누우며 말했다.

"이제 우리 셋이 전부야."

우리, 셋, 전부. 따듯한 말이어서 좋았다. 연수가 말을 이었다.

"이제 12월이고, 곧 내년이고, 그러면 고3이고."

대호도 에구구, 소리를 내며 벌렁 누웠다.

"1년만 더 하면 대학이다."

연수가 말했다.

"가야 대학이지."

누운 대호가 고개를 세우고 인혜에게 말했다.

"야, 너도 누워. 그래야 셋이지. 첼리스트 3."

인혜도 누웠다. 등에 닿은 바닥이 따스했다. 적절한 온기와 단단함이 등 전체로 퍼져 나갔다. 셋이 함께 천장을 바라보고 있자니 마음이 푸근해졌다.

연수가 긴 한숨을 토하며 말했다.

"잘되자."

대호도 말했다.

"잘되면 좋지!"

인혜도 말했다.

"잘되면 좋겠네."

그렇게 말하는데 슬그머니 목에 메었다. 좋은데, 가슴이 아팠다. 인혜는 자신이 오래도록 기억하게 될 삶의 한 장면을 지나고 있다는 것을 알아차렸다. 인혜는 두 사람 몰래 눈가에 스며든 눈물을 닦았다.

대호가 한가로운 목소리로 말했다.

"야, 우리 영화 보러 가자."

연수가 심드렁하게 대꾸했다.

"야, 그게 영화냐?"

인혜가 말했다.

"그거라니?"

연수가 말했다.

"콘서트 영화."

"콘서트 영화?"

대호가 몸을 일으켜 세우며 열띤 목소리로 말했다.

"내가 진짜 좋아하는 록 밴드가 있는데 실력이 엄청난 사람들이거든. 그 밴드가 전국 투어 공연한 걸 영화로 만들어서 보여 주는 거야."

대호가 말한 록 밴드는 처음 듣는 이름이었다. 연수가 말했다.

"너만 모르는 거 아냐. 나도 얘한테 처음 들었어."

대호가 뿌듯한 표정으로 말했다.

"그 영화에 나도 나와."

연수와 인혜가 눈을 동그랗게 뜨고 동시에 말했다.

"진짜?"

연수가 보태어 물었다.

"와, 정말이야? 연주를 했어? 기타? 베이스?"

대호가 회심의 미소를 지으며 말했다.

"관객석에 있었지."

연수와 인혜 둘 다 어이없다는 표정을 지었으나 대호는 열띤 표정으로 말했다. 리드 보컬이 무대에서 내려와 관객석을 뛰어다녔다고. 자기 앞을 지나가면서 노래를 부르는데 숨이 꼴까닥 넘어갈 것 같았다고. 내 꿈은 언젠가 그 가수와 함께 한 무대에서……

이번에는 대호의 이야기가 봇물 터지듯 흘러나왔다. 대호는 록밴드의 최근 활동과 리드 보컬의 곡진한 인생사에 대해 신이 나서 늘어놓았다. 연수는 피식거리면서 대호의 이야기에 반은 건성, 반은 감탄으로 응해 주었다. 대호는 결연한 목소리로 말했다. 우리는 그 영화를 보러 가야 한다고. 자기가 등장하는 장면을 반드시 봐야 한다고 했다.

연수가 지청구를 먹이며 말했다.

"야, 너 관객 수 올리려고 우리 데리고 가겠다는 거지?"

대호는 히죽 웃으며 대꾸했다.

"영화비는 내가 쏠게."

17

 토요일 오후에 본 영화는 그냥 그랬다. 영화관은 쩽한 느낌이 들 정도로 새파란 상의를 입은 사람들로 가득했다. 영화 초반에는 얌전히 앉아 쾅쾅 때리는 듯한 음악을 감상하던 관객들이 중반이 지나자 준비해 온 응원 봉을 흔들며 노래를 따라 부르기 시작했다. 영화 속 콘서트 장면이 절정에 이르자 너나 할 것 없이 일어나서 신나게 노래를 불렀다.

 싫은 건 아니었다. 어떤 즐거움인지, 어떤 것에 환호하는지 이해할 수 있었다. 인혜와는 안 맞을 뿐이었다. 너무 시끄러웠고 감정이 후드득 떨어지는 가사와 멜로디가 다소 느끼했다. 격한 감정에 취한 드러머가 카메라를 향해 가운뎃손가락을 세우는 장면은 불편했다.

연수는 허허, 하고 웃는 얼굴로 느긋하게 영화를 감상했다. 대호는…… 가슴에 손을 모으고 기도하듯 경건한 자세로 응원 봉을 쥐고 있다가 분위기가 무르익자 가장 먼저 일어서서 소리를 질렀다. 흥에 취한 대호가 "야야, 일어나. 제발 일어나. 여기에서는 일어나 줘야 한다고!" 하며 애걸해서 어쩔 수 없이 일어서서 자막을 보며 노래를 따라 불렀는데 그 순간에는 인혜도 짜릿함을 느꼈다.

상영관을 나오고도 대호는 스탬프를 찍어야 한다, 굿즈를 꼭 받아야 한다, 하며 팬으로서 제 본분에 충실했다. 인혜와 연수는 이벤트 상품을 받으려고 줄을 선 대호를 기다리며 영화관 로비 의자에 앉았다. 팝콘과 음료를 든 관람객들의 여유로운 표정을 보는 것만으로도 괜히 기분이 좋아졌다.

연수가 말했다.

"네가 재미없어할 줄 알았어."

싫어하는 태도로 비치고 싶지는 않았다.

"재미가 없지는 않았어."

"시끄러웠지?"

인혜는 조금 웃어 보였다. 둘 사이에 편안한 침묵이 감돌았다. 아무 말 하지 않는데도 어색하지 않아서 좋았다. 연수가 말을 이었다.

"분명한 건 저 밴드는 엄청 운이 좋은 사람들이라는 거야. 저렇게 많은 사람의 사랑을 받고 있잖아. 아무나 저렇게 되는 건 아니더라. 자기가 좋아하고 잘하는 일 하면서 돈도 버는 거 너무 어려운 것 같아."

"반도네온 쪽은 좀 어때?"

"나야 아직 모르지. 근데 일단 각오는 해야지 싶어. 이 바닥에 쉬운 게 어디 있냐?"

미래를 생각하면 깜깜하기도 했다. 대학에 들어간 뒤에는 어떻게 살아야 할까. 연주자로 살아가는 게 가능하기는 할까. 연수가 인혜의 어깨를 감싸며 말했다.

"힘내라. 너 정도 순정파에 독종이면 어떻게 잘되지 않을까 싶기도 해. 작곡이나 지휘 쪽도 한번 생각해 봐. 넌 듣는 귀가 좋은 것 같으니까."

작곡과 지휘를 생각해 보지 않은 건 아니었다. 그쪽 길도 어려운 건 마찬가지였다. 갑작스레 피곤이 몰려오는 듯했다. 살아갈 일이 막막하달까.

인혜가 푸념하듯 말했다.

"예고 졸업해도 끝이 없구나."

"더 어려울걸? 잘되는 사람은 드물어. 오래 버티는 게 잘하는 건지도 잘 모르겠어. 미련한 짓일 수도 있잖아. 실력은 애매한데 집에 돈도 많지 않으면 끝까지 가는 게 현명한 게 아닐 수도 있어."

연수는 대호를 턱짓으로 가리키며 말을 이었다.

"쟤 방식도 난 괜찮은 거 같아."

"대호 방식? 대호는 어떻게 한대?"

"첼로로 대학까지 간 다음에 실용 음악으로 방향을 돌리고, 음악과 관련된 직업을 찾아보겠대. 그럴싸하지?"

"연주는?"

"애매하게 하는 거지. 한 다리 걸쳐 두고 밥벌이할 수 있는 일을 찾아보겠다는 거야. 음악은 해야겠고 돈은 벌어야겠고. 그러기엔 첼로보다는 실용 음악 쪽이 비전이 있다고 생각했다더라. 무엇보다 그쪽이 자기 기질에도 맞는 것 같대. 난 쟤가 잘할 거 같아. 에너지가 아주 장난이 아니야."

"에너지 장난 아닌 건 너도 마찬가지 아냐?"

인혜의 말에 연수는 "너나 나나 비슷하지만 저놈 정도는 아니지." 하고 말하며 자기 핸드폰 화면을 보여 주었다. 클라우드에 저장된 파일을 누르자 화면에 글자가 빽빽한 문서가 떴다.

"이게 뭐야?"

"대자보."

"대자보?"

인혜는 화면을 확대해 보았다. 제목은 '우리가 바꿀 수 있습니다'. 이찬 예고의 불합리한 선후배 문화와 실기 성적을 공개하는 학교 제도를 개선해 보자는 내용이었다.

"실기 성적을 공개하지 말자고?"

"대호 생각에는 선후배 문화의 뿌리가 서열 문화래. 서열 문화의 출발은 성적 공개고."

말이 되는 소리였다.

"우리 학년 애들이 3학년이 되면 분위기를 바꿀 수 있다고 생각한 거야. 굳이 대자보를 쓰는 것도 전략이야. 게시판이나 SNS에 올리면 빨리 널리 퍼질 수 있지만, 종이 대자보로 붙이면 왠지 더 중요한 의견 같고 무게감이 다르잖아. 누가 뜯어내지 않으면 그냥 붙어 있는 거고. 흔한 게 아니어서 오히려 주목도가 높아. SNS에 돌리는 건 사진 찍어서 하면 되고."

"너한테 글 한번 봐 달라고 보낸 거야?"

"아니. 쟤가 나보다 글 훨씬 잘 써."

"근데 왜 보낸 거야?"

"글씨가 엉망이거든. 자기 대신 써 달라는 거지."

인혜는 품, 하고 웃고 말았다. 1학년 때 대호가 쓴 대자보 '이찬 예고의 몹쓸 전통을 훼파해야 한다'가 떠올랐다. 무거운 단어로 힘을 준 내용이 강렬하긴 했지만 글씨가 엉망이어서 알아보기가 어려웠다.

"나한테 대신 써 달라는데 귀찮아. 솔직히 내 글씨도 예쁘진 않거든."

인혜가 말했다.

"내가 써도 될까?"

"네가?"

"응. 나 글씨 잘 써. 초등학교 때는 잠깐 캘리그래피도 배웠어."

"오, 좋아!"

이벤트 부스에서 사절지 크기의 포스터를 받아 온 대호가 말했다.

"다 받았다!"

연수가 대호를 올려다보며 물었다.

"좋냐?"

인혜도 물었다.

"그렇게 좋아?"

대호가 웃음을 실실 흘리며 말했다.

"엄청 좋아."

셋은 영화관을 나와 이른 저녁을 먹고 헤어졌다. 다시 일상이었다. 인혜는 집으로 가는 전철에 올랐다. 두 시간 넘게 소음 같은 음악 속에 갇혀 있었기 때문인지 정신이 너덜너덜해진 것 같았다. 다시 첼로의 세계로 돌아가고 싶었다. 고아한 소리가 화음과 리듬과 가락에 얹혀 입체적인 공간을 만들어 내는 곳. 그곳이 인혜의 세계였다.

겨울로 접어드는 거리 풍경이 새삼스러웠다. 할머니 없는 겨울은 처음이었다. 인혜는 버스에서 내려 집을 향해 걸었다. 아파트 정문으로 들어가려다 그대로 길을 따라 산자락을 향해 올라갔다.

하늘은 구름 하나 없이 파랬다. 할머니가 돌아가시고 난 뒤 내내 힘들었던 마음이 이제는 담담했다. 무엇이 달라졌기에 더 이상 눌리지 않는 걸까. 소문의 진상을 확인해서? 친구가 생겨서? 할머니에 대한 죄책감을 정단아 선생님께 고백해서? 그저 시간이 흘러서? 아팠다가 나았기 때문에?

무슨 이유로 담담해진 것인지 명확히 이야기할 수는 없었다. 중요한 건 이유가 아니라 괜찮아진 지금이 아닌가, 인혜는 생각했다. 편안해진 자신을 받아들여도 죄책감이 들지 않았다. 할머니가 원하는 건 인혜의 괴로움이 아닐 테니까.

인혜는 다리를 건넜다. 며칠 전까지만 해도 가는 물줄기가 흐르던 개천은 계절이 깊어지면서 바싹 말라 버렸다. 겨울 햇볕이 데운 마른 개울 바닥이 보송보송해 보였다. 어느덧 길이 가팔라졌다. 콘크리트 도로에 마른 낙엽이 가벼운 소리를 내며 굴러갔다. 인혜는 점퍼의 옷깃을 여미며 대호네 교회를 지나쳐 추모 공원 정문으로 올라갔다. 묘지로 가는 길에 접어드는데 할머니 무덤 앞에 누가 서 있는 게 보였다.

동우였다. 동우는 봉분에 쌓인 낙엽을 손으로 털어 내고 있었다. 인혜가 올라가자 인기척을 느낀 동우가 돌아보았다.

인혜가 물었다.

"뭐 해?"

"그냥 왔지, 뭐. 누나 너는?"

"그냥 왔지."

동우는 고개를 주억거리며 말했다.

"자리 비켜 줘?"

"잠깐 있다가 같이 내려가."

동우는 순순히 고개를 끄덕였다.

인혜는 할머니의 무덤을 물끄러미 내려다보았다. 평소처럼 혼자 중얼거릴 수는 없었다. 혼자이던 공간에 둘이 있으려니 어색하기도 했다. 몸을 돌리고 하늘을 올려다보던 동우가 기운 빠진 목소리로 말했다.

"난 이미 틀려먹은 것 같아."

"뭐가?"

"공부가 싫어."

좋은 사람도 있니, 하는 소리가 나갈 뻔했으나 다행히 입을 제때 다물었다. 동우가 말을 이었다.

"애를 써 봐야 올라갈 수 있는 높이가 빤해 보여. 아무래도 난 능력이 안 되는 거 같아."

애를 쓰기는 했니? 하는 소리도 잘 참았다.

"노력할 수 있는 능력도 능력인 거 아냐? 그게 안 되니까 노력을 못 하는 거 같아. 그게 꼭 의지 문제는 아닐 수도 있잖아."

그럴 수도 있겠다 싶어서 인혜는 가만히 듣기만 했다.

"누나는 할 줄 아는 게 있으니까 좋겠어. 심지어 기대받을 정도로 잘해. 각오도 하고 실패도 하고 다시 일어서기도 해. 근데 난 잘 모르겠어. 나한테는 왜 그런 게 없지? 할머니도 자기 일 잘했잖아. 아빠랑 엄마도 그렇고, 누나도 그래. 근데 나는 왜 안 될까? 보람도 없고 질 게 뻔한 싸움을 하고 있는 거 같아."

듣고 있자니 마음이 아렸다. 가족 안에서도 동우는 겉도는 처지였다. 공부 말고 다른 길도 있을 거라고 말해 주고 싶었으나 인혜도 공부해서 대학 가는 것 말고는 어떤 다른 길이 있는지 몰랐다. 동우가 한숨을 내쉬며 물었다.

"할머니라면 뭐라고 했을까?"

인혜는 할머니가 누운 자리를 내려다보며 말했다.

"딱 할머니 같은 말 하시지 않았을까."

"어떤?"

"인생 길다. 사람 일 모른다. 넌 아직 어리다. 좋아하는 거 하다 보면 길도 보인다. 뭘 하든 열심히 해라. 몸 건강, 마음 건강이 제일 중요하다. 공부 잘해 봐야 아프면 다 소용없다, 그런 거. 할머니가 만날 하던 얘기."

동우가 낮은 소리로 웃었다.

"누나, 근데 맞으니까 많이들 얘기하는 거겠지?"

"어떤 말?"

"대학 안 가면 고생한다, 그런 거."

인혜는 낮은 소리로 웃으며 말했다.

"대학 가도 고생은 하는 거 같던데."

"사는 거 앞으로도 힘들겠지?"

고생을 얼마나 했다고, 하는 말을 삼키며 인혜는 입을 열었다.

"쉬운 거 없겠지. 아빠랑 엄마도 힘들이면서 살잖아. 할머니도 그랬고. 하지만 힘들어 보이지는 않아. 분점 문제로 심란해하시기는 하는데 뭐랄까, 그럭저럭 잘 감당하시는 것 같아."

동우가 골똘히 생각하다가 입을 열었다.

"아냐. 예전에는 많이 힘들어했어."

"아빠가 사무관 할 때?"

"응. 엄마랑 아빠도 그때는 진짜 힘들어했어. 확실해. 그때는 할머니도 힘들어했어. 기억 안 나? 할머니가 엄마한테 소리 질렀던 거? 아무리 그래도 남편한테 그렇게 말하면 안 된다고 하면서."

"진짜? 할머니가 그랬어?"

"기억 안 나? 엄마 울고 그랬는데. 그때 누나는 집에 없었나?"

"그랬나?"

"확실해. 우리 집은 아빠가 사무관 일을 그만두면서 그나마 나아졌어."

듣고 보니 그런 것 같았다. 동우가 뭔가를 깨달았다는 얼굴로 인혜에게 말했다.

"자기랑 안 맞는 일을 하면 힘든 거야. 아, 그러고 보니까 누나, 식당은 공부랑 상관없다."

"식당도 힘들어."

동우는 허를 찔린 얼굴로 눈가를 찌푸리며 말했다.

"그런가?"

인혜는 한마디 더 얹었다.

"쉬운 일만 하면서 살면 재미가 있겠어?"

잠자코 있던 동우가 무언가를 깨달았다는 듯 말했다.

"하긴 그건 그렇다. 게임도 너무 쉬우면 금방 질려. 나랑 맞는 게임을 찾는 게 중요해. 다들 하는 거 따라 하다 보면 시간 낭비에 체력 낭비에, 한마디로 할 짓이 아냐."

아, 그렇구나, 하고 인혜가 가까스로 맞장구를 치자, 동우는 턱을 치켜들고 입김을 불며 감상에 젖은 얼굴로 말했다.

"인생은 참 어렵구나."

인혜는 동우를 격려하기로 마음먹었다.

"좀 더 살아 보자. 너나 나나 뭘 알겠어."

"그러지 뭐."

인혜는 동생의 등을 툭, 치며 말했다.

"가자."

동우는 할머니의 무덤을 향해 허리를 숙였다.

"할머니, 안녕히 계세요. 또 올게요."

인혜도 동우처럼 인사했다. 둘은 함께 집으로 향했다. 터덜터덜 내리막을 내려오던 인혜는 결국 참지 못하고 동우를 불러 세웠다.

"동우야, 그래도 있잖아."

"그래도 뭐?"

인혜는 따듯하게 웃어 보이며 말을 던졌다.

"방 정리는 좀 하고 살아."

18

전철역을 나오니 온 세상이 눈이었다. 인혜는 코트를 여미고 공연장으로 향하는 오르막길을 올라갔다. 간밤에 내린 눈이 소복이 쌓인 토요일 오전의 거리는 한산했다. 코트 주머니에는 문화예술회관 소극장에서 열리는 콘서트 티켓이 있었다. 연수가 준 티켓이었다. 자기는 주희와 함께 있어야 해서 못 간다고 했다. 대호도 레슨이 있어서 안 된다고 했다. 연수는 인혜에게 티켓을 건네며 말했다.

"우리 엄마 그렇게 나쁜 사람 아니야. 좀 삐뚤어지긴 했지만."

연수가 한 말은 그게 전부였다.

공연 시간은 오전 열한 시, 낮에 열리는 마티네 콘서트였다. 인터미션이 없는 75분짜리 공연이었는데, 공연이 끝나면 브런치가 제공된다고 했다. 공연 제목은 〈겨울의 토요 콘서트: 첼로 엄정현〉. 티켓에는 다음과 같은 문구가 인쇄되어 있었다.

마음을 나누는 클래식 첼로 콘서트.
정상급 연주와 감동 어린 이야기가 펼쳐지는 시간.
당신을 음악의 향연으로 초대합니다.
가족, 연인, 사랑하는 모든 이들과 함께하세요.

눈 덮인 산을 바라보는데 할머니의 무덤이 떠올랐다. 인혜는 예전만큼 할머니 무덤을 자주 찾아가지 않았다. 며칠 전에는 할머니 무덤에 갔다가 우두커니 서 있는 아빠를 보았다. 그전에는 무덤 앞에 선 악기사 할아버지를 보기도 했다. 인혜는 두 번 다 아무 말 없이 돌아왔다. 아빠는 후회하고 있을지도 몰랐다. 할머니 친구였을 악기사 할아버지는 그리움에 가슴 아파하고 있을지도 몰랐다. 두 분 다 할머니에게서 듣고 싶던 말이 있었을 것이다. 무덤 앞에서 두 분이 어떤 마음일지 전부 알 수는 없겠지만 그곳에 선 아빠와 악기사 할아버지의 모습은 오래도록 기억에 남을 것 같았다.

엄정현 선생님과의 레슨을 마치고 돌아오던 어느 눈 내리는 날, 망연히 검은 차창 밖을 내다보다가 인혜는 운전석의 할머니를 향해 물었다.

"할머니는 자기 자신을 사랑해요?"

피폐한 마음에서 느닷없이 튀어나온 말이었다.

"어렵지."

룸 미러에 비친 할머니의 눈빛은 고요했다.

"딱하고, 한심하고…… 장하긴 해. 그렇다고 사랑스러운지는 모르겠네."

인혜와 할머니 사이에 정적이 흘렀다. 신호등 앞에서 차를 멈춘 할머니는 말을 이어 갔다. 사랑하는 게 어렵지만 그래도 해 보려고 한다고. 사랑스러워야만 사랑하는 건 아니라고. 사랑은 의지이고 결심이기도 하다고.

인혜는 거리에 멈춰 서서 주머니에서 브릿지를 꺼냈다. 휘어지기까지 버텨 낸 브릿지의 굽은 면을 엄지로 부드럽게 어루만져 보았다. 아랫면에는 오래전 할머니가 적어 준 문구가 흐릿하게 남아 있었다.

인혜가 사랑하며 살아가길

인혜는 가야 할 곳을 향해 걸음을 옮겼다. 눈이 내려앉은 산자락과 그 아래 문화예술회관은 고요하고 아늑했다. 곡선이 유려한 산세가 각진 건물들을 감싸 안고 있는 듯했다. 공연장으로 걷는 사람들이 적잖았다. 인혜도 사람들에 섞여 문화예술회관으로 들어섰다.

　제시간에 들어가기는 했으나 콘서트가 열리는 소극장에는 일찍 온 사람들이 앞자리를 다 차지하고 있었다. 인혜는 빈 좌석을 찾아 두리번거리다가 왼편 가장자리에 앉았다. 초등학생 아이들부터 할아버지 할머니까지, 자리에 앉은 사람들의 연령대가 다양했다. 화사한 조명과 아담한 소품들로 장식된 공연장은 엄숙하기보다는 친근하고 따뜻했다. 작은 무대 중앙에는 그랜드 피아노가 놓여 있었다.

　사회자의 소개와 함께 무대로 나온 엄정현 선생님은 연한 분홍색 연주복을 입고 있었다. 선생님이 허리를 숙여 인사하자 관객들이 박수를 보냈다. 작은 무대에서 선생님은 가벼운 인사와 함께 첼로 연주를 시작했다. 클라라 슈만의 곡에 이어 브람스의 곡이 이어졌다. 선생님은 나긋하고 재치 있는 말투로 브람스의 삶과 사랑에 대해 이야기했고 자신의 삶에 대해서도 이야기했다. 어느 날 갑자기 장애인 가족이 되어 버린 이야기와, 그로 인해 괴로웠던 시절에 대해.

　엄정현 선생님이 이야기를 마친 뒤 연주한 곡은 〈재클린의 눈물〉이었다. 연주가 끝나고 장내에 울린 박수에는 격려와 응원이 서려 있었다. 선생님은 고양된 감정을 추스르듯 침묵했다가 미소를 지으며 다시 입을 열었다.

　"사람은 부서지기도 합니다. 여러분들처럼 제게도 힘든 시절이 있었습니다. 하지만 지금은 괜찮습니다. 저는 터널을 통과했습니다. 혼자였다면 불가능했을 거예요. 고마운 사람과 함께하니까 오르막도 좀 낮아 보이더라고요. 여러분들은 어떠신가요? 통과하고 계십니까? 통과하셨습니까?"

엄정현 선생님은 관객석을 바라보며 자기 이야기를 나누고 싶은 분은 손을 들어 달라고 했다. 잠시 뒤 몇몇 사람들이 손을 들었고 무대 스태프가 마이크를 전해 주었다.

사람들은 자신이 겪은 가장 힘들었던 일에 대해 조용조용 이야기했다.

대학 입시 낙방, 실연, 직장 동료와의 관계, 우울증……. 어떤 사람은 몇 마디 하지 못하고 눈물을 흘리기도 했다. 목멘 목소리와 울먹임이 공연장에 낮게 깔렸다. 엄정현 선생님은 네, 그렇죠, 맞아요, 저도 그랬는데, 하고 말하며 이야기를 이끌었다. 무대 가까운 자리에서 이야기하다 흐느끼는 관객에게 내려가 가볍게 안아 주기도 했다. 엄정현 선생님이 마이크로 응원과 위로의 박수를 부탁드린다고 하자 소극장에 단비 같은 박수 소리가 일었다.

엄정현 선생님은 무대로 다시 올라와 객석을 향해 말했다.

"이럴 때 우리에게 음악이 필요한 거죠."

객석에서 다시 한번 단단한 박수가 터졌다. 엄정현 선생님은 연주 의자로 돌아가 첼로를 잡았다.

인혜는 어둑한 관객석에 앉아 엄정현 선생님의 얼굴을 올려다보았다. 지난 2년간 마음 깊이 미워한 사람인데 이제는 그럴 수 없었다. 할머니가 애틋하게 여겼던 사람이었다. 할머니를 사랑했던 사람이었다. 할머니가 이끄는 손을 잡고 긴 터널을 빠져나온 사람이었다.

쩍쩍 갈라졌던 스산한 영혼에 온기와 물기가 돌았다. 이제는 새로운 싹을 틔울 수 있을 것 같았다. 할머니의 삶을 닮아 가고 싶었다. 자기 일을 사랑하고 주변을 돌아보고 누군가에게 중요한 사람으로 살아가고 싶었다. 편한 삶보다 의미 있는 삶을 살고 싶었다. 원치 않는 결과가 나와도 다시 일어서는 강인한 사람이 되고 싶었다. 무엇보다 자기 자신을 사랑하는 사람으로 살고 싶었다.

인혜는 첼로를 품듯이 안고 서서히 활을 올리는 엄정현 선생님을 바라보았다. 한 번뿐인 생을 하나의 일에 쏟아부은 사람에게서 느껴지는 경외감이 가슴으로부터 피어났다.

눈을 감고, 주머니 속의 브릿지를 감싸 쥐고, 인혜는 오랜 고민에 마침표를 찍었다.

할머니, 그래서 나는 첼로예요.

콘서트가 끝나면 연주자 대기실로 갈 것이다.

엄정현 선생님이 대기실에서 나오면 말할 것이다.

다시 한번 저의 선생님이 되어 달라고.

이제 연주될 곡은 바흐의 〈무반주 첼로 모음곡〉 1번 G장조의 프렐류드이다. 관객석은 얕은 기침 소리와 옷감이 부스럭대는 작은 소리가 또렷이 들릴 정도로 조용하다. 따뜻한 어둠과 포근한 고요가 공연장을 덮는다. 부드럽고 환한 조명이 무대에 홀로 앉은 엄정현 선생님을 비춘다.

음악을 사랑하는 인혜와

음악을 사랑하는 엄정현과

음악을 사랑했던 김숙희의 얼굴이 하나로 겹쳐 든다.

눈시울이 욱신거렸으나 예전처럼 대책 없는 괴로움이 아니다. 인혜는 무대 위 첼로를 바라본다.

네 줄의 현을 떠받치고 굳건히 서 있는 작은 브릿지가 어쩐지 자신의 모습 같다. 곧 시작될 연주를 기다리다 인혜는 깨닫는다. 슬픔은 건너가는 것이라는 걸.

고요가 흐르듯 허물어지며

인혜가 예감한 정확한 그 순간에

첫 음이 시작되었다.

저는 오래전에 나온 소설보다 갓 출간된 소설을 좋아합니다. 따끈한 소설을 읽다 보면 작가가 궁금해지기도 해요. 이 사람은 지금 뭐 하고 있을까? 출간 뒤의 허탈감을 즐기고 있을까? 설마 또 뭔가 쓰고 있나? 밥은 먹었을까, 하는 생각에 혼자 실소하기도 합니다. 저기 어딘가에서 나와 같은 시간을 사는 그가 이렇게 하나의 작품을 완성했구나, 그런 생각이 들면 지금 읽는 소설이 더 생생해지고 애틋해집니다.

소설을 읽는 건 결국 작가를 만나는 거라고 생각합니다. 작가의 마음과 내 마음이 공명할 때면 작가가 친근하게 느껴지기도 합니다. 작가와 독자는 소설을 사이에 두고 이어져 있는, 같은 시대를 함께 살아가는 사람입니다.

답장처럼 느껴지는 작가의 말을 만날 때가 있습니다. 저는 자기 삶을 이야기하는 작가의 말을 좋아하고 저 또한 그런 글을 쓰고자 합니다. 작가의 말이 좋으려면 소설이 좋아야지요. 이렇게 적고 나니 어쩐지 걱정스럽고 조마조마한 기분이 들기도 합니다. 지금 이 책을 펼치고 있는 당신은 『브릿지』를 어떻게 읽었을까요.

『브릿지』는 음대에서 첼로를 전공하는 학생을 만나고 나서 쓰게 된 소설입니다. 제가 담임했던 학생이었어요. 지난해 겨울, 도심의 카페에서 그 친구를 만났습니다. 온 세상이 갓 내린 눈으로 하얗게 덮인 날이었습니다.

오랜만에 만난 그 친구는 6학년 시절과 비슷하기도 했고 그때와 다르기도 했습니다. 쑥스러워하는 미소와 차분한 말투, 예의바른 태도는 여전했지만 뭔가 쌓인 게 있는 사람처럼 한숨을 쉬거나 쓸쓸해하는 기색을 비치기도 했습니다. 한참 이야기를 나누다가 그 친구의 손가락에 눈길이 갔습니다.

"너, 손이……."

"아, 이거요?"

그 친구는 제 앞에 손을 내밀어 보였습니다. 가느다란 손가락 끝이 개구리 발끝처럼 동그랗더군요. 손가락 끝에 작은 구슬이 맺힌 것 같았습니다.

"첼로 때문이에요."

현을 누르느라 굳은살이 박인 거였어요. 손톱이 무척 짧았습니다.

"고생 많았구나."

"다 그렇죠, 뭐."

그 친구는 별거 아니라는 듯 웃으며 엄지로 손끝을 매만졌습니다. 요즘은 연습을 덜해서 말랑말랑해졌다고 하면서요.

그 친구와 헤어져 전철을 타고 돌아오는데 돌아가신 엄마가 떠올랐습니다.

엄마는 음악을 좋아했습니다. 어린 시절 저희 집에는 엄마가 젊은 시절 사 모은 클래식 레코드판과 전축이 있었습니다. 집에서 혼자 플루트를 연습하기도 했어요. 작은 교회에서 성가대를 했는데 가끔 독창을 맡았습니다. 성가대 가운을 입고 정성을 다해 노래를 부르던 엄마의 모습이 지금도 생생합니다.

집에 와서 주방을 치우고 저녁 식사를 준비하는데 문득 노트북에 저장해 둔 엄마와의 대화가 떠올랐습니다. 지지난해 봄, 엄마와 병원에 다녀오던 길이었습니다. 저는 운전을 하면서 몰래 핸드폰의 녹음 버튼을 누르고 평소보다 더 오래 엄마와 이야기를 나눴습니다. 차가 밀리는 게 좋았던 날이었습니다. 저는 녹음 파일을 찾아 재생했습니다.

집에는 아무도 없었습니다. 엄마와 제가 두런두런 이야기 나누는 소리, 엄마의 웃음소리가 아늑한 거실에 울렸습니다. 베란다 앞에서 팔짱을 끼고 창밖을 바라보는데 눈송이가 점점이 떨어지기 시작했습니다. 눈 내리는 모습이 따듯해 보였습니다. 엄마가 보았다면 좋아했을 풍경을 저는 바라보고 또 바라보았습니다. 뒤에서 울리는 녹음 파일 속 제 목소리는 낯설었지만 엄마의 목소리는 그렇지 않았습니다. 제가 평생 들어온 목소리였으니까요.

슬픔을 건너가는 이야기를 쓰고 싶었습니다. 눈에 보이지 않는 것을 사랑한 사람들의 이야기를 쓰고 싶었어요. 소재가 첼로로 이어진 건 자연스러운 수순이었습니다. 바흐의 곡이 떠올랐습니다. 저는 노트북 앞으로 돌아와 제 귀에 어른거렸던 곡을 찾아 재생했습니다. 바흐의 〈무반주 첼로 모음곡〉 1번 G장조의 프렐류드 선율이 엄마의 목소리가 감돌던 공간에 스며들었습니다.

『브릿지』는 그렇게 시작되었습니다.

시간이 많이 지났습니다. 지났다, 라는 말보다 지나가 버렸다는 말이 제 마음과 더 가깝네요. 소설가로 살아온 지난 8년간 저는 세 편의 장편소설과 세 편의 청소년 소설을 발표했습니다. 어린이 소설은 다섯 작품을 냈는데 그중 하나는 아홉 권으로 완성한 이야기였어요.

특별한 일정이 없으면 매일 카페에 나가 글을 쓰며 저녁과 밤을 보냈습니다. 왜 소설을 쓰나, 다음 소설을 쓸 수 있을까, 하는 생각으로 심란했던 밤이 여러 날이었습니다. 모든 일이 그렇지만 소설 쓰는 것도 쉽지는 않거든요.

작년 8월 말, 세 번째 장편소설을 발표하고 나서 며칠이 지난 어느 날이었습니다. 쓰는 일로 하루를 마무리하고 집으로 돌아오던 그날의 길은 평소보다 고요했고 유달리 마음이 무거웠습니다. 이런저런 일로 마음이 불안하고 산란했습니다. 집에 돌아갈 때마다 마주하던 검은 하늘을 바라보는데 서늘하고 처연한 감정이 찾아들더군요. 착잡함과도 다르고 아쉬움과도 다른, 자기 연민도 아닌 그 촉촉한 감정에서 문장 하나가 떠올랐습니다.

소설가로 살아온 한 시절이 지나갔다.

소설 속 등장인물을 대하듯 저를 내려다보며 떠올린 말이었습니다. 그 문장을 읊조리자 지나온 시간이 스르륵 지나가면서 예상치 못한 평온이 찾아들었습니다. 허탈하기도 하고 후련하기도 했어요. 소설을 쓰며 살아온 나날들이 괜찮았다는 생각이 들더군요. 쓰는 것이 힘들었지만 힘든 게 좋기도 했습니다. 이제는 저의 욕심과 어느 정도 거리를 둘 수 있을 것 같았습니다. 다시 걸음을 옮기는데 속에서 조금 다른 문장이 피어올랐습니다.

소설가로 살아가는 두 번째 시절을 맞이해도 되겠다.

저는 그 문장이 썩 마음에 들었습니다.

『브릿지』는 두 번째 시절을 살아가며 내놓는 첫 소설입니다. 소설 속 인혜가 슬픔을 건너가는 모습을 써 내려가며 저를 마주하기도 했습니다. 딸의 장애를 겪으며 허덕였던 시절은 지나갔습니다. 엄마의 죽음도 고마움과 미안함, 그리움으로 남았습니다.

저는 삶이 불안하고 두렵습니다. 다른 사람들도 비슷한 것 같아요. 어떤 형태든 마냥 좋기만 한 삶은 없는 듯합니다. 우리는 하나의 선으로 이어지는 삶을 살아가는 중이고 닥치게 될 일은 닥치기 마련입니다. 그것도 매번 처음 겪는 일로 말입니다.

에라, 모르겠다.

그렇게 중얼거려 봅니다. 막연한 불안과 해 봐야 쓸데없는 걱정 대신, 흔하디흔한 말을 이어 붙여 봅니다.

잘 살아 봐야지.

피식, 웃음이 나면서 어둑한 감정들이 가시는 듯합니다.

그래요. '에라, 모르겠다.'입니다. 잘 살아 봐야지 어쩌겠어요. 오늘 누릴 수 있는 행복은 잊지 않고 알뜰히 챙겨 먹겠습니다. 제가 할 수 있는 일이면 기꺼이 해치우겠습니다. 잠자리에 들 때는 '오늘의 나쁜 일들 잠으로 모두 날려 버리게 하소서.'라고 기도해 보겠습니다. 그렇게 하루하루 잘 살아가 보려 합니다.

당신 또한 저와 같았으면 합니다. 잘 살아 보겠다는 이 다짐이 소설을 타고 건너가 당신에게 닿기를 빕니다.

『브릿지』가 괜찮으셨습니까?

다음 소설에서 다시 만나면 좋겠습니다.

2025년 1월

문경민